레츠 러브

김혜정 장편소설

살림Friends

모두가 좋아하는 귀염둥이 태엽이에게

차 례

절벽 위의 세 소년

"우리, 이제 어떡하냐?"

아래를 내려다보던 석준이가 입을 열었다. 발밑으로는 넓디넓은 바다가 넘실대고 있었다. 우리가 서 있는 이곳에서 바다까지 높이가 얼마나 될까? 적어도 아파트 5층 높이는 될 것 같다. 고개를 내밀어 살펴보는 것만으로도 아찔했다. 이곳에 오면 가슴이 뻥 뚫릴 줄 알았다. 하지만 더 답답하기만 했다. 눈을 감자, 그 아이가 떠올랐다. 도대체 너는 왜? 수십 번, 수백 번 반복했던 질문을 또다시 했다.

"아, 정말 미치겠네."

우진이는 고개를 뒤로 젖히더니 소리를 질렀다. 나는 아무 말도 하지 않고 한숨을 내뱉었다.

조용히 계단을 걸어 내려갔다. 끝까지 내려가면 바다와 가장 가까운 곳에 도착할 수 있다. 해가 지고 있어 아래에서 구경을 마친 사람들이 위쪽으로 올라오고 있었다. 밑으로 내려가려는 사람은 우리밖에 없었다. 우리 셋은 올라오는 사람들을 피해 계속 아래로 내려갔다.

그렇게 한참을 걸어 내려가고 있는데, 누군가 뒤에서 내 목과 어깨를 휘둘러 감았다. 나보다 키뿐만 아니라 덩치가 훨씬 큰 남자다. 그런데 나만 잡힌 게 아니었다. 우진이와 석준이도 모르는 사람에게 붙잡힌 채 낑낑대고 있었다. 남자에게서 빠져나가기 위해 나는 팔을 이리저리 휘둘렀다. 그러나 나에게 몇 대 얻어맞고도 그 남자는 꿈쩍도 하지 않았다. 손아귀의 힘이 보통이 아니었다. 우리는 놔 달라고 소리를 질렀다.

"이 아들이 지금 뭐 하는 기고?"

"퍼뜩 끌고 올라와라!"

우리를 붙잡고 있는 남자들은 자기들끼리 말을 주고받았다. 우리를 끌고 가려는 게 분명했다.

"살려 주세요! 이 아저씨들이 우리를 납치하려고 해요!"

석준이가 지나가는 사람들에게 도움을 요청했다. 그러자 전망대 쪽을 향해 올라가고 있던 사람들이 우리 쪽으로 다시 내려왔다. 오십 대로 보이는 아저씨와 아줌마가 우리를 잡고 있던 아저씨들에게 무슨 짓이냐며 소리를 질렀다.

"경찰입니더. 이 문디 자슥들이 지금 자살바위 쪽으로 가고 있다카지 않습니꺼? 가출 청소년들이 자살 바위 근처에서 배회한다는 신고를 받고 나와씸더."

우진이를 붙잡고 있던 경찰 아저씨가 주머니에서 경찰 신분증을 꺼내 아저씨와 아줌마에게 보여 주었다.

"하모, 이 자슥들이 큰일 치려고 했꼬마. 얼른 잡아가이소, 형사 양반."

아줌마가 혀를 끌끌 차며 말했다. 이게 무슨 소리? 가출 청소년? 자살? 우리 셋은 손을 흔들며 그게 아니라고 설명하려 했지만 아무도 우리의 말을 믿어 주지 않았다.

우리는 아저씨들에게 끌려와 다시 전망대 위로 올라왔다. 우진이는 아저씨에게 진짜 경찰이 맞느냐고 따져 물었지만, 아저씨는 대답 대신 "이놈 보소."라는 말만 되풀이했다.

전망대 위에는 진짜 경찰차가 서 있었다.

"얼른 타라, 이 자슥들아."

아저씨가 우리를 차에 밀어 넣었고, 우리는 차례대로 차에 올라탔다.

"아저씨, 도대체 왜 이러세요? 저희는 잘못한 거 하나도 없단 말이에요."

10

"다 오해라고요."

"저희가 왜 경찰서에 가는데요?"

우리는 차를 타고 가면서 경찰 아저씨에게 따졌다.

"이 자슥들이, 조용히 안 할 기가?"

보조석에 타고 있던, 우락부락하게 생긴 경찰 아저씨가 꽥 소리를 질렀다. 주눅이 든 우리는 금방 입을 다물었다.

차에 탄 지 오 분도 채 되지 않아 경찰서에 도착했다. 경찰 아저씨들이 시키는 대로 차에서 내린 우리는 경찰서 안으로 들어갔다. 경찰 아저씨들은 우리를 의자에 강제로 앉혔다.

"니들 뭐꼬? 자살 바위엔 왜 내려갔노? 집은 언제 나왔고?"

우락부락하게 생긴 아저씨의 윽박에 우진이가 기어들어 가는 소리로 대답했다. "

오늘 아침이요."

"아이고, 이 자슥이 거짓부렁하고 있네. 똑바로 말 안 할 기가?"

"진짜예요. 저랑 얘는 오늘 아침에 나왔다고요."

"그럼 쟈는?"

아저씨가 석준이를 가리키며 말했다.

"쟤는 오늘 나온 건 아니지만, 하여튼 저희 전부 다 오늘 집에 갈 거예요. 저랑 얘는 절대 가출한 거 아니에요."

우진이가 나와 자기를 가리키며 횡설수설했다. 우진이의 말을 들은 경찰 아저씨는 더 의심스러운 표정으로 우리를 쳐다보았다. 우진이는 나에게도 뭐라고 말 좀 해 보라고 눈짓을 했다. 하지만 제대로 말이 나오지 않았다. 경찰서라는 데에 처음으로 와 보니 내 자신이 한없이 작게 느껴졌다. 뭔가 큰 잘못을 저지른 것처럼 가슴이 콩닥콩닥 뛰었다. 이 상황을 어떻게 설명해야 할지도 모르겠다.

"야, 교수. 네가 말 좀 해 봐. 우리가 여기 온 거, 다 너 때문이잖아."

우진이는 억울하다며 경찰 아저씨가 앉아 있는 책상을 발로 걷어찼다. 아저씨는 버릇없게 뭐하는 짓이냐며 우진이의 머리를 한 대 쥐어박았다. 아저씨는 얼른 부모님 핸드폰 번호를 말하라고 다시 소리를 질렀다. 아들이 부산 경찰서에 잡혀 있다는 걸 엄마와 아빠가 알게 되면 뭐라고 하실까? 엄마한테는 부산에 간다는 말을 하지 않았다. 알면 분명 보내 주지 않았을 테니까.

부모님 번호를 대라는 경찰 아저씨한테 뻗대며, 우리는 가출 청소년이 아니고, 자살하려고 자살 바위에 내려간 게 아니라는 말을 몇 번씩 되풀이했다. 하지만 경찰 아저씨는 계속 전화번호를 대라는 말만 했다.

"이게 다 그 내기 때문이야."

조용히 있던 석준이가 고개를 숙인 채 툭 한마디 내뱉었다.

지난 3월에 있었던 일이 떠올랐다.

그렇다. 이 모든 사단은 그 내기로부터 시작되었다.

1부

신 도원결의

1

 아침부터 교실 분위기가 어수선했다. 평소에 비해 아이들이 더 시끄러운 건 아니다. 오히려 다른 날보다 조금 조용한 편이다. 남자아이들은 남자아이들끼리 모여, 여자아이들은 여자아이들끼리 모여 놀고 있다. 그런데 오늘따라 유달리 남자애들과 여자애들이 따로 노는 느낌이다.

 새 학기가 시작된 지 2주가 지나자, 아이들 사이에 어색한 분위기가 거의 사라졌다. 지난주까지만 해도 같은 반이 된 지 얼마 되지 않아 서먹함이 교실을 감돌았다. 나도 처음엔 작년에 같은 반이었던 우진이와 석준이를 제외하고 다른 아이들을 대하는 게 어색했다. 하지만 딱 일주일이었다. 지난주 옆 반인 3반과의 축구 시합을 계기로 남자아이들과 금세 친해졌다. 후반까지 1:1 무승부였는데, 민석이의 골로 우리 반이 2:1로 역전하면서 경기가 끝났다. 3반 아이들은 다시 경기를 하자고 난리고, 우리는 너희들은 다시 해도 안 될 거라며 3반 아이들을 약 올렸다.

"야, 침. 어제 게임하다가 왜 갑자기 나갔냐?"

뒷자리에 앉은 우진이가 내 등을 치며 물었다. 우진이는 내 이름 김태민의 앞 두 글자 '김태'를 가지고 침 뱉는 흉내를 내며 '김퉤, 김퉤'라고 부르더니, 요즘엔 아예 '침'이라고 불렀다. 그래서 나도 아무한테나 잘 까불거리는 우진이에게 '까브리'라는 별명을 붙여 줬다. 싫어할 줄 알았는데, 우진이는 잘생긴 외국배우 이름 같지 않느냐며 오히려 좋아했다.

"누나가 컴퓨터 좀 쓴다고 해서."

고 3이 된 막내 누나는 기세가 등등하다. 툭하면 내 방 문을 열고 들어와 컴퓨터를 쓴다며 비키라고 주문했다. 방에 컴퓨터가 있으면 인터넷을 많이 하게 된다며, 올해 들어 나에게 컴퓨터를 넘긴 주제에 과제한다는 핑계로 자주 내 방에 와서 컴퓨터를 하며 주인 행세를 했다. 어제 보니까 과제는 이십 분도 채 하지 않고, 얼마 전 3집을 낸 아이돌 가수 UB 팬카페에 가서 채팅을 했다. 과제보다는 웹서핑과 채팅을 더 많이 하는 것 같다. 우진이와 게임을 하고 있던 중이라 빨리 내쫓고 싶었지만 누나가 히스테리를 부릴까 봐 아무 말 하지 않고 내버려 두었다.

"야, 교수. 그만 좀 봐라."

우진이는 제 짝인 석준이의 책을 덮어 버렸다. 석준이는 책을 다시 펼치더니, 읽었던 곳을 표시하기 위해 책갈피를 끼운 다음 책을 덮었다. 슬쩍 책 표지를 보니 과학 이론서다. 이 시끄러운 분위기 속에서 저런 지루한 책을 읽다니, 과연 책벌레다운 집중력이다. 석준이는 초등학생 때부터 유명했다. 아이큐가 150이 넘는다느니, 초등학생 때 중학교 수학 문제를 척척 푼다느니 하는 소문이 돌았다. 석준이와 같은 초등학교를 나왔지만 같은 반이 된 적은 한 번도 없어 나는 그냥 얼굴만 알았다. 하지만 중학교에 입학하면서 같은 반이 되었고, 우리 셋의 키가 엇비슷해 앞뒤에 앉게 되면서 친해졌다. 석준이의 앞자리에 앉는다고 말했더니, 엄마는 잘됐다며 좋아하셨다. 내가 석준이와 친해지면 나도 공부를 잘할 거라고 생각하시는 것 같다. 꿈도 야무지시지. 석준이와 4년 동안 절친이었다는 우진이는 석준이에게 손톱만큼도 영향을 받지 않았다. 끼리끼리 논다는 말은 그냥 옛말인가 보다.

교실 뒤 쪽에서 "우-우" 하는 소리가 들렸다. 고개를 돌려 보니, 유재가 큰 사탕 바구니를 든 채 교실 안으로 들어오고 있었다. 반 아이들의 시선이 일제히 유재에게 쏠렸다. 남자아이들은 "멋진데?" "여어!" 하며 소리를 질렀고, 여자아이들은 부러운 듯 쳐다봤다. 우진이 녀석이 자리에서 벌떡 일어서더니 유재에게 달려갔다.

"올해도 또 하려나 보네."

석준이는 유재가 서 있는 쪽을 보며 말했다.

"뭘?"

"유재 여자친구 5반에 있잖아. 작년 일, 기억 안 나?"

얼핏 기억이 났다. 중학교에 입학한 지 얼마 되지 않았는데 옆 반에 이벤트가 벌어졌다며 우진이가 가 보자고 했다. 그날은 화이트데이였다. 어떤 남자애가 큰 사탕 바구니를 같은 반 여자애에게 주며 고백을 했다. 그게 바로 유재였나 보다.

우진이가 자리로 돌아오더니, 유재가 점심시간에 5반이 아니라 6반에 갈 거라는 귀띔을 해 주었다.

"완전 대박! 작년에 사귀었던 배아린이랑 깨지고, 지금 여친은 6반에 있대!"

우진이가 호들갑을 떨며 유재가 대단하다고 말했다.

"우리 반에는 저런 이벤트 없나?"

우진이가 약간 들뜬 목소리로 물었다. 나와 석준이는 잘 모르겠다며 고개를 저었다. 석준이는 관심 없다는 듯 다시 책을 펼쳤지만, 내 시선은 이상하게 자꾸 유재의 바구니 쪽으로 향했다. 혹시 저것 때문인가? 반 분위기가 붕 뜬 게? 나뿐만이 아니라 여러 아이들이 유재의 바구니를 보고 있다는 게 느껴졌다.

잠시 후, 조회를 알리는 종소리가 울리면서 담임선생님이 교실로 들어왔다. 담임선생님은 조용히 하라며 교탁을 두드렸다.

"조용히 좀 해라. 담임이 들어왔으면 최소한 처다보기라도 해야지. 그냐, 안 그냐?"

선생님의 물음에 우진이가 "그냐."라고 대꾸해 선생님뿐 아니라 아이들이 모두 웃었다. 선생님은 말끝마다 우리에게 "그냐, 안 그냐?"라고 되물었다.

갑자기 여자애들 몇 명이 교탁 앞으로 걸어가 선생님께 상자를 내밀었다. 선생님이 이게 뭐냐고 물었지만, 여자애들은 대답하지 않고 자리로 돌아갔다.

"사탕이구나? 역시 너희들밖에 없구나."

상자를 열어 본 선생님이 활짝 웃으며 말했다.

"오늘 같은 날을 기회로 좋아하는 여자한테 고백하는 것도 나쁘지 않지. 그런데 저건 뭐야? 그건 내 것 아니지?"

선생님이 유재 쪽을 처다보며 물었다. 유재가 쑥스럽게 웃으며 아무 대답도 하지 않았다. 선생님은 사탕 받을 여자애가 무척 좋아하겠다고 말했다.

"그런데 사탕을 남자애들이 줘야지, 왜 여자애들이 줘? 남자애들 센스 하고는."

선생님이 여자애들에게 받은 사탕을 들고는 고개를 절레절레 저으며 말했다. 우리는 "사탕은 선생님 애인한테 받으셔야죠."라고 대꾸했다.

"내가 애인이 어딨냐? 너희들이 내 애인이다."

선생님의 말에 우리는 싫다고 소리쳤다. 선생님은 "귀여운 것들."이라고 말하고는 상자를 들고 나갔다.

"우리 담임, 진짜 애인 없을까?"

선생님이 나간 후 우진이가 물었다. 그러자 옆에서 석준이가 담임선생님 결혼한 거 아니었냐고 물었다.

"안 하셨을걸."

"서른 넘지 않았어?"

"요즘은 다들 결혼 늦게 하니까."

우리는 담임선생님의 나이를 정확하게 모른다. 아이들이 선생님에게 물어봤지만, 선생님은 정확하게 대답을 해 주지 않았다. 우진이와 석준이는 서른다섯은 되어 보인다고 했지만, 내가 보기엔 서른 살은 안 된 것 같다.

"아, 정말 싫다. 1교시 수학이야."

짝인 성진이의 말에 얼른 핸드폰을 껐다. 수학 선생님은 핸드폰 진동이라도 울리면 무조건 압수했다. 우리 반은 아직 압수당한 아이가 없지만 옆 반에는 여럿 있었다.

우진이와 석준이가 무얼 하나 뒤를 돌아봤다. 석준이는 아까 읽던 책을 마저 읽고 있었고, 우진이는 자리에 없었다. 어딜 갔나 했더니 또 유재에게 가 있다. 사탕 바구니가 눈에 들어와, 난 얼른 수학책을 펼쳐 책 속의 도형을 쳐다보았다.

수업이 모두 끝난 후, 우진이, 석준이와 함께 교실에서 나왔다.

"PC방 안 갈래?"

"별로."

가고 싶지 않다고 말했지만 우진이는 계속 가자고 졸라댔다. 게임을 별로 좋아하지 않는 석준이에게 부탁해 봐야 소용이 없을 테니 나를 끌고 들어가려는 것이다.

"그럼 농구할래?"

"오늘은 농구도 생각 없어."

"석준이 너도?"

석준이도 별로 내켜하지 않았다. 우리는 교문에서 나와 계속 걸었다. 편의점 앞 가판대에 사탕 바구니가 잔뜩 있었다. 편의점에서 아르바이트를 하는 형과 누나가 사탕을 할인한다고 소리치고 있었다. 며칠 전부터 팔기 시작했는데, 오늘까지만 팔 수 있기 때문에 어떻게든 팔려는 것이다.

"그럼 떡볶이 먹으러 가자."

"그러든지."

바로 집에 가고 싶지도 않았다. 점심 급식도 내가 싫어하는 설렁탕이 나와, 거의 먹지 않고 남겼더니 배가 조금 고프기도 했다.

분식점에는 수업을 마치고 온 중학생들이 꽤 많았다. 우리는 자리에 앉은 후 떡볶이를 주문했다. 분식점 아줌마가 금세 떡볶이와 튀김을 담아 갖다 주자, 우리는 아무 말도 하지 않고 떡볶이를 먹기 시작했다.

"오늘따라 커플은 하나도 없네."

떡볶이를 다 먹었는지, 우진이가 주위를 둘러보며 말했다. 마른 편인 우진이는 입이 짧다. 게다가 아토피까지 있어 밀가루 음식을 많이 먹으면 안 된다. 밀가루나 인스턴트 음식을 조금 많이 먹는 날에는 온몸을 벅벅 긁고 다닌다. 우진이네 부모님은 동네에서 제법 큰 슈퍼마켓을 하는데, 정작 우진이는 아토피 때문에 과자나 인스턴트 식품을 마음껏 먹지 못한다. 그래서 아이들은 우진이를 '비운의 사나이'라며 놀려 댄다.

"그러게. 오늘은 커플이 하나도 안 보인다."

나도 가게를 대충 획 둘러보며 말했다. 여기에 오면 데이트 중인 커플을 자주 볼 수 있다. 우리 또래의 중학생들도 있고, 가끔은 고등학생들도 온다. 그런데 오늘은 남학생들끼리, 혹은 여학생들끼리만 있다.

"걔네가 오늘 여기 왔겠냐? 더 맛있는 거 먹으러 갔겠지."

석준이의 말을 듣고 보니, 갑자기 입맛이 사라졌다. 내 앞에 놓인 떡볶이가 맛없는 싸구려 음식처럼 느껴졌다. 나도 우진이를 따라 슬그머니 포크를 테이블 위에 내려놓았다. 먹는 걸 좋아하는 대식가 석준이만 마지막 남은 떡 한 가락까지 떡볶이 소스에 찍어 먹었다.

"유재는 데이트하러 갔겠지?"

"그렇겠지."

"연호 녀석도?"

"그렇겠지."

화이트데이 이벤트에 참여하는 아이들이 생각보다 많았다. 아침에 첫 테이프를 끊은 유재를 시작으로 더 많은 애들이 화이트데이 커플 이벤트를 했다. 점심시간에는 연호가 우리 반 안혜진이라는 여자애에게 사탕을 주었다. 그러자 기다렸다는 듯이 선웅이도 옆 반 여자애에게 사탕을 주러 갔다. 지난 달 밸런타인데이 때는 초콜릿을 받은 아이들이 부럽기는 했지만 잠시뿐이었다. 하지만 왠지 오늘은 기분이 별로다. 파티가 열렸는데 나만 초대받지 못한 것 같았다. 물론 내 앞에 초대받지 못한 녀석이 두 명 더 있긴 하지만.

콜라를 다 마셨다. 평소대로라면 가위 바위 보를 해서 진 사람이 음료수를 다시 채워 왔을 텐데, 우진이가 자기가 해 오겠다며 컵을 들고 음료수 자판기로 걸어갔다.

잠시 후, 우진이는 콜라가 가득 채워진 컵을 들고 돌아왔다.

"자, 마셔."

콜라는 김이 빠졌는지 톡 쏘는 맛이 거의 없었다.

"시시하다."

석준이가 컵에 든 얼음을 아작아작 씹어 먹으며 말했다.

"뭐가?"

내가 물었지만 석준이는 대답하지 않았다.

"사탕이 뭐 별거냐?"

석준이가 얼음을 꿀걱 삼킨 후 말했다. 평소의 석준이였다면 '데이 문화'는 기업의 과도한 마케팅 때문이라며 비판에 열을 올렸을 것이다. 하지만 석준이마저 파티에 끼지 못한 걸 아쉬워하는 눈치였다.

"그러게. 우리도 줄 수 있어. 그냐, 안 그냐?"

우진이가 담임 말투를 흉내 냈다. 우진이는 인간 복사기라고 해도 좋을 만큼 다른 사람 흉내를 제법 잘 냈다.

"그럼. 아무나 줄 수 없어서 안 준 것뿐이라고."

내 말에 우진이와 석준이가 동의의 표시로 고개를 끄덕였다. 작년까지만 하더라도 여자애에게 사탕을 주며 고백하는 일이 무척 낯간지럽게 여겨졌다. 하지만 올해는 조금 달랐다. 유재와 연호, 선웅이가 우리와 다른 사람들처럼 느껴졌다. 그런데 나만 그렇게 생각한 게 아닌가 보다.

"야, 까짓것 우리도 내년에 주자."

"좋아."

내년이 있다고 생각하니 마음이 조금 편안해졌다.

"근데 내년까지 미룰 필요 뭐 있어?"

나와 우진이는 무슨 말이냐며 석준이를 바라보았다. 석준이는 우리도 여자친구를 사귀어 보자고 제안했다.

"중요한 건 사탕이 아니라 여자친구라고. 밸런타인데이, 화이트데이는 1년에 고작 하루뿐이지만, 여자친구는 1년 365일 있을 수 있어. 언제까지 여친 있는 애들을 부러워만 할 거냐?"

나도 모르게 고개가 끄덕여졌다. 석준이의 말은 뭐든 그럴싸하게 들린다.

나는 한 번도 여자친구를 사귄 적이 없다. 우진이와 석준이도 마찬가지다. 일찍 연애에 눈을 뜬 아이들은 초등학교 3, 4학년 때부터 여자친구를 사귀었다. 대단한 연애는 아니지만, 자기들끼리 데이트를 하거나 50일, 100일 기념, 생일을 꼭 챙겼다. 연애는 꼭 하는 애들이 계속했다. 우리 반 유재가 대표적이다. 유재는 초등학교 때부터 여자친구가 매년 바뀌었다. 키가 크거나 얼굴이 잘생긴 것도, 공부를 잘하는 것도 아닌데, 나와 다르다는 생각이 들어 가까이 가지 못했다. 이상하게 여자친구가 있는 애들은 뭔가 있어 보인다.

"그럼 우리도 여친 만들자. 우리 반에 여친 있는 애들 꽤 많아."

"그래, 좋아. 우리가 어디가 어떻다고?"

우진이의 말에 내가 의기양양하게 대답했고, 순식간에 우리는 '곧 여친 생길 놈'들이 되어 버렸다.

"그런데 너희들, 좋아하거나 사귀고 싶은 여자애 있어?"

석준이의 질문이 저쪽 희망의 나라로 향하려던 내 발목을 잡아 채 원래 있던 자리로 끌고 왔다. 여자친구를 사귀기 위해서는 상대가 있어야 하는데, 한 번도 우리 반 여자애들을 상대로 그런 생각을 해 본 적이 없다. 새 학기가 시작된 지 얼마 되지 않아, 아직은 우리 반 여자애들 이름도 다 못 외웠다.

"그러는 넌?"

우진이가 석준이를 쳐다보며 묻자, 석준이는 약간 우물쭈물하며 찾아볼 거라고 대꾸했다.

"그럼 우리 내기할래? 누가 먼저 여자친구 사귀는지?"

우진이가 엉덩이를 들썩이며 의견을 내놓았다.

"무슨 그런 걸로 내기를 하냐?"

석준이는 싫다고 했지만 난 괜찮은 생각 같았다. 내기를 하면 승부욕이 생겨 더 열심히 할 테니까.

"난 안 할래."

역시 모범생 석준이는 고개를 절레절레 저으며 절대 하기 싫다고 고집을 부렸다.

"너, 내기에서 이길 자신 없으니까 그렇지? 나나 침이 먼저 여친 사귈까 봐?"

우진이가 슬슬 석준이의 약을 올렸다. 석준이는 넘어오지 않을 것처럼 굴더니, 덥석 우진이의 미끼를 물었다.

"야, 누가 질 것 같아서 그렇대? 그래, 하자. 해!"

석준이는 이왕 할 거면 제대로 하자고 했다. 내기에서 이긴 사람에게 제대로 된 선물을 사 주자는 거였다. 나와 우진이는 좋다고 했다.

계산을 하고 분식점에서 나왔다. 우리는 가장 먼저 여자친구가 생긴 사람에게 무엇을 해 줄까 고민하기 시작했다. 게임기, 태블릿 PC 등이 나왔지만 그건 너무 비쌌다.

"운동화 어때? 이번에 나이키에서 새로 나온 거 있는데."

얼마 전에 인터넷에서 새로 나온 운동화를 봤다. 난 우진이와 석준이에게 새로 나온 나이키 시리즈에 대해 설명했다.

"그래, 좋아. 그걸로 하자."

모두가 내 제안에 동의하고 내기 품목까지 정해지자 뭔가 한 걸음 더 나아간 것 같은 느낌이 들었다. 우진이와 석준이에게 받은 운동화를 신고 여자친구를 만날 상상을 하니, 내가 조금 '있어' 보였다.

"그럼 우리 내기하기로 한 거다."

석준이는 갑자기 걷는 걸 멈추더니 핸드폰을 꺼내 돌아가며, "나 김태민(이우진, 박석준)은 가장 먼저 여자친구를 사귀는 사람에게 운동화를 사 줄 것을 약속합니다."라고 맹세하라고 시켰다. 석준이는 우리 목소리를 녹음한 후, 나와 우진이의 핸드폰으로 파일을 전송했다.

"우리 꼭 삼국지에 나오는 의형제 같다."

석준이는 길가에 있는 은행나무를 바라보고 있었다.

"삼국지에서 유비, 관우, 장비가 복숭아나무 아래서 의형제를 맺기로 다짐하거든. 그걸 도원결의라고 해."

우진이는 또 시작이냐며 눈살을 찌푸린 채 석준이를 쳐다보았다. 석준이는 자주 강의하는 것처럼 말을 하는 바람에, 아이들은 석준이를 '교수'라고 놀려 댔다. 평소에 석준이는 말이 많지 않지만, 무언가를 설명할 때는 엄청 길고 지루하게 말한다. 석준이는 우리에게 삼국지에 대해 설명했다. 얼핏 초등학교 때 읽은 만화 삼국지가 기억이 났다. 하지만 석준이는 만화책이 아닌, 소설로 봤다고 했다.

"교수, 여자애들은 너처럼 똑똑한 척하는 남자 제일 싫어해."

우진이의 말에 석준이가 입을 다물었다. 하지만 석준이도 지지 않고 우진이를 쳐다보며 말했다.

"까브리, 그런데 여자애들은 까불거리는 남자도 싫어하거든."

우진이가 주먹으로 석준이의 등을 치는 시늉을 했다. 하지만 석준이의 말이 틀린 건 아니었다.

친구들과 헤어진 후 집으로 가는데, 편의점 앞에서 팔고 있는 사탕이 보였다.

편의점에 들어가 제일 싼 사탕 세 개를 샀다. 사탕 하나 못 받았을 엄마와 누나들을 위해서다.

집으로 돌아와 엄마에게 사탕을 내밀었다.

"이게 뭐야? 사탕? 역시 우리 아들밖에 없네!"

엄마는 내 엉덩이를 두드리며 함박웃음을 지었다.

"지민 누나는?"

올해 2월에 대학을 졸업하고 취업 준비 중인 큰 누나는 매일 집에만 처박혀 있다. 밤새 영어 공부를 한다지만 내가 보기엔 그냥 미드에 미쳐 있는 것 같다. 주로 밤에 미드를 본 후 새벽에 자고 내가 학교에서 돌아올 때쯤에야 일어난다. 큰 누나 방에 들어가려는데, 엄마가 말했다.

"큰 누나 집에 없어. 약속 있다면서 나갔어."

백수 주제에 오늘 같은 날, 밖에 나가 뭐 좋을 게 있다고 나간 거야. 지민 누나 사탕은 이따가 줘야겠다.

"참, 아민이가 그러는데 너 컴퓨터에 이상한 거 많이 깔아 놨다면서?"

"무슨 소리야?"

뜨끔했지만 난 딱 잡아뗐다. 어제 내 컴퓨터를 사용한 막내 누나가 숨겨진 폴더를 봤나 보다. 난 맞불 작전을 폈다. 누나도 과제는 안 하고, 연예인 팬클럽에 가입했다고 일러바쳤다. 하지만 엄마는 누나는 스트레스 푸는 거라고 했다. 나도 스트레스 푸는 거라고 대꾸했지만 엄마는 어이없다는 듯이 웃었다.

"그래, 스트레스씩이나 받으셨어? 으이구, 이 자식아."

엄마가 내 머리를 쥐어박았다. 방금 전에는 아들밖에 없다더니만, 지금은 애물단지 취급이다. 난 씩씩거리며 방으로 들어왔다. 아민 누나를 위해 산 사탕은 내 입 속에 들어가 버렸다. 흥, 그 고자질쟁이한테 누가 줄 줄 알고.

2

교실 안을 쭉 둘러보았다. 1, 2분단에는 남자아이들이, 3, 4분단
에는 여자아이들이 앉아 있다. 새 학기 첫날, 담임선생님은 어떻
게 자리를 앉고 싶은지 우리에게 물었다. "남녀 같이 앉을래?" 하
고 담임선생님이 묻자 아이들은 대부분 남자는 남자끼리, 여자는
여자끼리 앉는 게 좋겠다며 아우성을 쳤다. 담임은 진심이냐고 물
었다. 우리는 "당연하죠!"라고 대답했다. 담임은 "에이, 아닐 텐
데. 분명히 너희들이 원한 거니까 나중에 딴소리나 하지 마라." 하
고 말했다. 담임이 대체 우리를 뭐로 보고 저러나 싶었다. 하지만
담임이 옳았다. 그때 나는 왜 그렇게 큰 소리로 "남자끼리 앉아야
죠!" 하고 말했을까? 남자애들이 먼저 말했고, 그러자 여자애들도
질세라 더 큰 소리로 말했다. 여자애에게 관심이 없던 나도 큰 소

리로 외쳤다. 남과 북의 38선도 아니고, 이렇게 남학생, 여학생이 따로 앉아 있으니 도저히 여자애들과 가까워질 기회가 없다. 여자애들은 우리가 무슨 상종 못 할 존재라도 되는 것처럼 우리 쪽은 쳐다보지도 않는다.

"뭐 하냐?"

점심을 먹고 교실에 들어온 후, 우진이는 남자애들에게 한마디씩 참견하고 난 후에야 자리에 앉았다.

"어떻게 하면 여자애들과 친해질 수 있을까?"

우진이는 내가 어떻게 알아, 하는 표정으로 나를 쳐다보았다. 물론 나도 딱히 답을 들으려고 물은 건 아니었다. 우진이 같은 애가 그런 걸 어떻게 알겠는가?

"교수, 이게 뭐야? 연애론?"

우진이가 석준이의 책을 들었다. 표지에 『연애론』이라고 적혀 있었다. 연애를 잘하는 비법이라도 나와 있는 책인가?

"엥? 이거 뭐야? 이 사람 태어난 지 이백 년도 넘었잖아?"

우진이가 인상을 찌푸리며 말했다. 난 우진이 손에 든 책을 가로챘다. 책날개를 펼치니, 스탕달이라는 작가의 출생년도가 1783년도였다. 그렇다면 이 책 역시 쓰인 지 오래되었을 것이다.

"케케묵은 옛날 책을 읽고 뭘 하겠다는 거야?"

제목을 보고 흥미를 보이던 우진이는 옛날 책이라는 사실에 금방 흥미를 잃었다. 하지만 나는 조금 호기심이 생겼다. 얼마나 잘 썼으면 이백 년이 지난 지금까지 팔릴까? 난 책을 넘겨 보았다. 하지만 글씨가 작고 빽빽했다.

"여기에 비법 같은 거 나와?"

나는 석준이에게 책을 돌려주며 물었다.

"아냐. 그냥 연애에 대한 에세이야."

"그래?"

김이 샜다. 두껍고 재미없는 책을 보니, 차라리 인터넷에 "여자친구 사귀는 법"을 검색하는 게 더 나을 텐데. 하여튼 석준이는 가끔 이 시대 트렌드와 영 동떨어진 행동을 했다.

"괜찮은 남자로 보여야 해. 그래야 여자애들이 관심을 갖지."

내 생각을 말했다. 그런데 우진이가 고개를 설레설레 저으며 아니라고 말했다.

"우리 반에서 괜찮은 남자애는 이미 정해져 있다고. 저기, 이 영재."

우진이가 칠판을 닦고 있는 반장 영재를 가리켰다. 영재는 당번도 아니고 누가 시키지도 않는데, 매번 점심시간마다 칠판을 닦거나 교탁을 정리하며 수업 준비를 한다. 공부도 잘하고, 얼굴도 잘생긴 편에, 성격도 괜찮아 남자애들뿐만 아니라 여자애들한테도 인기가 좋다. 영재가 반장이 된 건 여자애들에게 몰표를 받았기 때문이다.

"그리고 저기 한준범."

맨 뒷자리에 앉은 준범이를 쳐다봤다. 준범이는 영재와는 약간 다른 과다. 성실하거나 성격이 좋은 건 아니지만, 180센티미터가 넘는 큰 키에다 얼굴도 아주 잘생겼다. 준범이가 사복 차림을 하고 있으면 대학생처럼 보인다. 준범이는 노는 애라 과제도 제때 해 오지 않고 준비물도 안 챙겨 오기 일쑤지만, 여자 선생님들만큼은 준범이를 크게 혼내지 않는다. 불성실한 준범이에게 어느 선생님도 "너는 커서 뭐가 되려고 그러냐?"라는 말을 하지 않는다. 선생님들도 아는 거다. 준범이처럼 잘생긴 녀석은 모델이나 연예인을 하면 되니까. 3학년 누나들이 우리 반에 준범이를 구경하러 올 정도다. 아마 우리 반에도 준범이를 좋아하는 여자애들이 꽤 될 것이다. 녀석의 사물함은 여자애들에게 받은 선물로 늘 미어터진다.

"우리는 어떻게 해도 저 투톱을 따라잡을 수 없어."

"그럼 어떻게 해?"

"인기남이 되어야 여자친구를 사귈 수 있는 게 아니야. 정작 이영재랑 한준범은 여자친구가 없잖아."

"한준범은 고등학생 누나와 사귄다는 소문이 있잖아."

"공식적으로는 없잖아."

우진이는 자기 말에 토를 달지 말라고 했다. 자꾸 토를 달면 대학생인 사촌형에게 배운 여친 사귀기 비법을 알려 주지 않겠다며 으름장을 놓았다. 우진이의 사촌형은 이제 겨우 대학교 2학년이지만, 대학교에 입학해 사귄 여자친구만 열 명이 넘는다는 것이다. 난 앞으로 우진이의 말을 잘라먹지 않겠다고 약속했다.

"한 여자에게만 멋진 남자가 되면 되는 거야. 그러니까 우리가 해야 할 일은 먼저 여친 삼고 싶은 아이를 찾는 거지."

"그다음은?"

"그 여자애한테 잘 보이면 되는 거야."

우진이의 말을 듣고 보니 일리가 있었다. 인기남, 인기녀만 이성친구를 사귈 수 있는 건 아니다. 주변에 보면 별로 인기 없는 남자 애들도 여자친구가 있었다.

"나도 참. 이런 비법을 혼자만 알고 있어야 하는데 말이야. 성격이 너무 좋아 탈이라니까. 여자애들이 이런 나의 모습을 알아 줘야 할 텐데 말이야. 안 그래?"

나와 석준이는 맞는 말이라고 장단을 맞추어 주었다. 안타깝게도 우진이는 공치사 때문에 애써 벌어 놓은 점수를 까먹고 있다는 사실을 조금도 알지 못했다.

"참, 이거 먹어라."

우진이가 가방에서 커다란 초코칩 쿠키 한 상자를 꺼냈다. 그러자 주변에 있던 남자아이들이 벌떼처럼 우리 자리로 몰려들었다. 다른 아이들이 다 가져가기 전에, 나도 얼른 한 개를 챙겼다. 우진이는 종종 부모님이 운영하는 슈퍼마켓에서 유통기한이 얼마 남지 않은 제품을 가져와서 반에 푼다.

"하여간 난 이 자식이 제일 부러워."

초코칩 쿠키를 다 먹어치운 민석이가 우진이의 책상에 걸터앉으며 말했다.

"됐어. 인마. 우리 동네에 대형마트 또 들어온대. 우리 가게 언제 문 닫을지 몰라."

우진이가 인상을 쓰며 말했다. 우진이네 슈퍼마켓은 원래 할아버지가 운영하던 것인데 이제 우진이의 아버지가 물려받아 운영하고 있다. 우진이는 다른 아이들과 달리 그냥 부모님 슈퍼마켓을 물려받아 살겠다며 별로 미래에 대한 걱정을 하지 않는 편이었다. 그런데 대형마트가 동네 주변에까지 들어서면서 별로 경쟁하지 않고 편안하게 살겠다는 우진이의 계획에 차질이 생겼다. 우진이 부모님은 우진이가 다 크기도 전에 슈퍼마켓이 문 닫을 수 있으니까, 제발 정신 차리고 공부나 열심히 하라고 했단다.

"하여튼 대기업이 손 뻗치지 않는 곳이 없다니까. 마트, 빵집, 떡볶이 가게까지. 거대 자본을 가지고 쏟아부으면 안 될 리가 있겠냐고. 마르크스가 말하길……."

석준이의 강의가 또 시작되었다. 과자를 다 먹어치운 아이들은 석준이가 아는 척을 하자 다들 제자리로 돌아갔다. 난 하필 석준이 앞자리라 어디로 피할 수도 없었다. 쉬는 시간에도 강의를 들어야 한다니. 대신 난 한 귀로 듣고 한 귀로 흘렸다. 석준이는 말끝마다 '푸코', '마르크스' 같은 알지도 못하는 외국 사람들을 들먹인다. 그 사람들이 살아 있는지 죽었는지, 어느 나라 사람인지도 모르겠다. 이름으로 봐서는 서양사람 같다. 푸코 말고 포크, 마르크스 말고 개그 프로그램에 나오는 만득이는 나도 아는데.

우진이는 자기의 미래와 관련된 이야기라 처음에는 열심히 듣는 척하더니, 결국 지루함을 못 참고 나처럼 딴짓을 하기 시작했다.

곧 5교시 수업이 시작되었다. 국어 선생님이 들어왔다. 국어 선생님은 사십 대 중반의 남자 선생님이다. 선생님이 칠판에 무언가를 쓰고 있는 틈을 타 나는 여자애들 쪽을 쳐다보았다. 저기에 나의 첫 여자친구가 있을까? 아직은 마음에 들거나 좋아하는 여자애가 없다. 누군가를 좋아해 그 누군가와 사귀고 싶은 걸까? 아니면 여자친구를 사귀고 싶은 마음에 누군가를 좋아하게 되는 걸까? 어떤 게 맞는 건지 모르겠다. 이건 닭이 먼저냐, 달걀이 먼저냐 하는 것만큼 어려운 문제가 분명하다.

수업을 한참 하고 있던 선생님이 갑자기 수업을 멈추더니 교탁에서 걸어 내려와 남자아이들이 있는 쪽으로 살금살금 다가왔다.

고개를 돌려 보니 옆 분단의 수창이가 꾸벅꾸벅 졸고 있었다. 수창이 앞에 선 선생님이 큰 소리로 이름을 부르자, 깜짝 놀란 수창이가 잠에서 깼다.

"내가 잠을 쫓아 주마."

선생님은 그 말을 하더니 양손으로 수창이의 두 볼을 꽉 잡았다. 국어 선생님은 수업 시간에 졸거나, 딴짓을 하는 아이가 발견되면 꼭 저런 벌을 내렸다. 선생님의 두툼한 손에 수창이의 볼이 남는 부분이 없었다. 수창이가 아프다고 소리를 질렀지만, 선생님은 그러니까 다시는 졸지 말라는 말을 세 번 더 반복한 후에야 볼을 놔 주었다.

벌을 다 준 선생님이 교탁 앞으로 돌아갔다. 선생님은 '공포의 볼 잡아당기기'를 남학생에게만 주었다. 여학생들에게 하면 성추행이 될 수 있다면서 말이다. 남자애들이 불공평하다고 했지만, 선생님은 들은 체도 하지 않았다.

"참, 너희들 중간고사 끝나고 모둠 과제 있는 거 알지?"

과제라는 말에 아이들이 "우우" 하고 소리를 질렀다. 과제라는 단어는 듣기만 해도 거부감이 먼저 일어난다. 아무리 재밌는 컴퓨터 게임이라도, 그게 과제가 되면 하기 싫을 것 같다.

"네 명씩 모둠을 짜줄 테니까, 5단원 학습문제에 나오는 것 미리미리 준비하고 있어."

국어책 5단원을 펼치니 독서신문 만들기가 나왔다. 국어 선생님은 다른 선생님들에 비해 유달리 과제를 많이 내준다.

"모둠은 다음 시간에 선생님이 임의대로 짜서 알려 줄게. 너희들한테 짜라고 하면 분명 친한 사람들끼리 짤 테니까. 그러면 남자애들이 불리해. 여자애들만 열심히 하고, 남자애들은 대충하니까."

선생님의 말인즉슨, 남자애들과 여자애들을 섞어서 조를 짜준다는 거였다. 지난번 자리 배정 때처럼 몇몇 아이들이 싫다고 아우성을 쳤지만, 나는 입을 꽉 다물었다. 뒷자리에 앉은 우진이도 싫다는 말을 했지만 지난번처럼 목소리가 크지 않았다. 갑자기 과제를 많이 내주는 국어 선생님이 믿게 보이지가 않았다.

수업이 끝난 후, 방과후 수업을 하는 우진이를 남겨 두고 석준이와 단둘이 학교에서 나왔다. 책 읽기를 끔찍이 싫어하는 우진이는 엄마 때문에 어쩔 수 없이 논술반에 들어간 터라, 매주 수요일마다 논술반 수업에 참석해야 했다. 지난주까지만 하더라도 논술 수업을 듣기 싫어하던 우진이는 논술반에 가면 옆 반 여학생들과 만날 수 있다며 오늘은 신나 했다. 이럴 줄 알았으면 나도 논술반 수업을 신청할걸.

대부분의 아이들은 학원에 다니거나 방과후 수업을 한두 개씩 듣는데 나는 둘 다 하지 않고 있다. 다른 집과 달리 우리 집은 그런 걸 강요하지 않는다. 큰 누나와 작은 누나가 아빠, 엄마에게 자기주도 학습법이 중요하다고 이야기하자, 아빠, 엄마는 그 말만 듣고 나에게 스스로 알아서 공부하라고 했다. 누나들의 자기주도 학습법의 원리는 이렇다. 고등학생이 되면 학교 보충수업과 야간 자율 학습 때문에 학원에 다닐 수 없는데, 그때가 되면 혼자 공부한 아이들이 빛을 본다. 학원에 다니지 못하는 아이들은 우왕좌왕하며 못 따라가지만, 자기주도 학습법으로 공부한 아이들은 혼자 해 온 게 있기 때문에 알아서 공부를 할 수 있다는 것이다.

누나들의 논리는 꽤 그럴듯하게 들리지만, 사실은 내게 들어가는 학원비가 아까워 그런 말을 한다는 걸 안다. 물가는 여기저기서 오르는데, 아빠의 월급은 오르지 않았다며 엄마가 푸념하는 소리를 들었다. 내가 학원을 다니면 누나들이 쓸 돈은 더 줄어들 것이다. 자기주도 학습법이 누구를 위한 배려인지는 모르겠지만, 여하튼 나도 자기주도 학습법에는 찬성이다. 난 아예 주도적으로 학습하지 않는 것을 택했으니까.

"비슷한 애들끼리 사귀는 걸까?"

"뭔 말이야?"

나는 석준이를 쳐다보며 물었다.

"그냥 주변에 사귀는 애들 보면 말이야. 자기와 비슷한 애들이랑 많이 사귀잖아."

"그런가?"

"그럼. 범생이들은 범생이들끼리 만나고, 노는 애들은 노는 애들끼리 만나잖아."

석준이 입에서 범생이라는 말이 나오자 조금 웃겼다. 초등학생 애들이 스스로를 가리키며 초딩이라고 말하는 것 같았다.

"아무래도 비슷한 사람에게 끌린다잖아."

우리 반에 연애를 하고 있는 아이들을 보면 대개 그랬다. 일본 애니를 좋아하는 오타쿠 연호도 만화 동아리에 소속된 혜진이와 사귀고 있고, 준범이의 숨겨진 고등학생 여자친구도 얼짱으로 유명한 노는 누나라는 소문이 있다. 그렇다면 내 여자친구는 누가 될까? 나는 키도 보통, 얼굴도 보통, 성격도 보통이니까 내 여자친구도 모든 게 평범한 그냥 그런 애일까?

"침, 내 생각엔 네가 가장 먼저 여자친구 사귈 것 같아."

"왜?"

"여자애들은 나같이 뚱뚱하고 공부만 하는 애, 별로라고 생각하잖아."

석준이가 자조적인 말투로 말했다. 석준이가 교수라는 별명을 가진 건 단순히 아는 게 많기 때문만은 아니다. 열다섯 살 석준이에게는 사십 대 중년 아저씨의 분위기가 물씬 풍긴다. 더벅머리에 두꺼운 뿔테 안경 그리고 풍만한 배까지. 석준이가 남자 선생님들이랑 같이 서 있는 걸 보고, 1학년 신입생들이 선생님인 줄 알고 고개를 꾸벅 숙여 인사했을 정도다.

"그리고 우진이는 너무 까불거려서 여자애들이 싫어하잖아. 그런데 너는 그나마 평범하니까."

석준이가 진지하게 말했다. 얼핏 칭찬 같아 보이지만 별로 그렇지도 않았다. 내가 여자친구를 가장 먼저 사귈 수 있는 이유가 내가 잘생겨서 때문이라거나 멋져서가 아니라, 석준이나 우진이처럼 흠이 덜하기 때문이라니. 하지만 뭐 기분이 썩 나쁘지는 않았다.

"아냐, 어쩌면 우진이가 가장 먼저 생길지도 몰라. 우진이는 재밌잖아. 여자들은 재밌는 남자를 좋아한대."

우진이는 우리 중에 여자애들과 가장 친하다. 여자애들에게 장난도 잘 걸고, 개그맨 흉내도 내면서 친하게 지낸다. 가끔 여자애들이 우진이의 과한 행동에 인상을 찌푸리긴 하지만, 대부분 잘웃어 준다. 만약 우진이가 대형마트 때문에 슈퍼마켓을 물려받지 못한다면, 개그맨을 해도 좋을 것 같다. 그만큼 우진이는 재밌다.

"그럼 나는?"

석준이가 갑자기 걸음을 멈추고 물었다.

"난 재미없냐?"

"어?"

"난 재미없냐고?"

하나마나 한 대답이다. 석준이는 재미없다. 재미는 고사하고 석준이가 입을 열면 몹시 지루해진다. 하지만 솔직하게 말할 수는 없었다.

"넌 똑똑하잖아."

"역시 난 재미없구나."

녀석, 눈치는 빨라 가지고.

"너만큼 똑똑한 애가 흔하냐? 넌 대충 공부해도 성적 잘 나오잖아. 아는 것도 엄청 많고."

난 석준이를 위로했다.

"그래도 난 웃기고 싶은데."

석준이가 낮은 목소리로 말했다.

"너, 가끔 내가 유머 치는 거 모르지?"

"그랬냐?"

"응."

석준이가 고개를 끄덕였다. 갑자기 석준이에게 미안해졌다. 석준이의 이야기를 듣는 도중에 딴생각을 할 때가 많기 때문이다. 그래서 석준이가 유머를 했는지도 몰랐다.

"좋겠다, 우진이는."

석준이는 우진이와 내가 부럽다고 말했다. 우리가 부럽다고?

왜? 기분이 이상하다. 똑똑한 석준이가 너무 평범해서 아무런 존
재감도 없는 나와 우진이를 부러워하는 줄은 몰랐다.

"닭꼬치 먹을래?"

지나는 길에 닭꼬치 가게가 보였다. 난 석준이에게 닭꼬치를 사
주겠다고 했다. 하지만 석준이는 별로 먹고 싶지 않다고 했다. 석
준이가 먹는 걸 다 마다하다니 의외다. 석준이의 표정이 썩 좋아
보이지 않았다. 난 더 이상 아무 말도 하지 않고 그냥 길을 걸었다.

저녁식사를 마친 후 텔레비전을 보고 있는데, 엄마가 주방에서
나를 불렀다.

"슈퍼에 가서 마요네즈 좀 사 와. 샌드위치 만들어야 하는데 마
요네즈가 다 떨어졌어."

"웬 샌드위치?"

난 저녁을 배부르게 먹어 배가 고프지 않았다.

"아민이가 밤에 와서 먹는다고 해 놓으래."

"밤에 뭘 먹어?"

"잔말 말고 얼른 사 와."

"아, 귀찮아."

난 엄마에게 돈을 받아들고 집에서 나왔다. 아빠와 엄마는 9시
뉴스 전에 하는 드라마를 봐야 한다며, 나에게 갔다 오라고 했다.

우리 집의 왕은 고3이 된 아민 누나다. 누나가 조용히 하라고 하면 집안사람들이 다 조용해 해야 하고, 해 달라고 하면 뭐든 다 해 줘야 한다. 세상에 아민 누나 혼자 고3도 아닐 텐데, 누나도 정말 유난을 떤다. 나중에 내가 고3이 되면 두 배로 갚아 줄 테다.

마트에서 마요네즈를 사는 김에 아이스크림도 같이 샀다.

아이스크림을 먹으며 집으로 가는데, 문자 메시지 알람이 울렸다. 우진이다.

ㅎㅎ 나 5반 유진이란 여자애랑 친해졌지롱.

난 마음과 달리 잘해 보라고 문자를 보냈다.

칩, 운동화 값이나 준비해 놓으시지!

하여튼 우진인 설레발의 왕자다. 내일 학교에 가면 "내가 연애의 신이노라!" 하고 잘난 척할 게 분명하다. 이러다가 우진이가 가장 먼저 여자친구를 사귀는 게 아닐까 걱정된다. 우리가 사 준 운동화를 신고 우진이 녀석이 얼마나 자랑을 할지 상상만 해도 끔찍하다. 난 아직 마음에 둔 여자는커녕, 친한 여자애가 한 명도 없다. 안 되겠다. 내일 학교에 가면 여자애들에게 좀 다가가야겠다.

아파트 벤치를 지나가는데, 벤치에 앉은 젊은 남녀가 딱 달라붙어 애정 행각을 벌이고 있었다. 여자가 남자 어깨에 기대어 있고, 둘이 서로 볼에 뽀뽀를 주고받고 난리도 아니다. 아무리 어둡다고 하지만 사람들이 지나다니는 곳에서 저게 뭐 하는 짓인지.

이미 다 봤지만 못 본 척하고 지나치려 하는데 뭔가 이상했다. 저 빨간 머리띠. 어디서 많이 본 거다. 난 뒷걸음질을 쳤다.

벤치 쪽으로 다가가 보니, 맙소사!

"누나, 거기서 뭐 해?"

지민 누나와 이한 형이다. 나는 둘을 손가락으로 가리킨 채 더 이상 말을 하지 못하고 서 있었다.

말도 안 된다. 저 둘은!

3

누나가 따라와 내 팔을 잡았다. 내가 누나의 팔을 뿌리치고 앞
으로 걸어가자, 누나는 내가 들고 있던 비닐봉지를 움켜잡고 놔
주지를 않았다.

"놔. 뭐 하는 거야?"

"내 말 좀 듣고 가."

"무슨 말?"

몸을 돌려 누나를 쳐다보았다. 이한 형은 가 버렸는지 보이지
않았다. 난 잡고 있던 비닐봉지를 손에서 놓았다. 누나가 비닐봉지
를 움켜쥐고 있어 봉지가 바닥에 떨어지지는 않았다.

"그럼 어디 한번 말해 보시지."

누나가 날 잠시 노려보더니 내 팔을 잡아끌었다. 난 아까 누나

의 만행을 목격한 벤치로 끌려갔다.

"앉아."

내가 가만히 서 있자, 누나가 얼른 앉으라고 소리를 질렀다. 이 상황에서 내게 화를 내다니, 이 인간이 상황 파악을 제대로 못한 게 분명했다. 내가 피식 웃으니 누나는 화가 나는 걸 간신히 참고 있는지 억지 미소를 지었다. 누나는 "제발 앉아."라고 천천히 말했다. 상냥함을 느끼지는 못했지만 우선 앉아 주기로 했다.

"너, 엄마한테 말할 거야?"

"뭘?"

"뭐긴 뭐야?"

"난 잘 모르겠는데?"

난 모르겠다며 계속 딴청을 피웠다.

"왜 그래, 동생."

누나가 나를 바라보며 빙긋 웃었다. 그 웃음 뒤에 "너 죽을래?" 라는 뜻이 내포되어 있다는 것쯤은 알 수 있었다.

"누나, 제정신 아니지? 어떻게 그런."

어이가 없다기보다 입에 올리기 민망해서 더 말할 수 없었다.

"엄마한테 말하지 마. 알았지?"

난 대답을 하지 않았다. 이한 형은 엄마 친구의 아들이다. 엄마와 이한 형네 아줌마는 사이가 나쁘지 않다. 오히려 아주 좋다고 할 수 있다. 그래서 문제다. 누나는 얼마 전까지 이한 형의 과외 선생님이었다. 이한 형이 고2 때부터 올해 대학에 들어가기 전까지 2년 동안 누나가 과외를 했다. 이한 형네 아줌마는 누나 덕에 이한 형의 수능 점수가 많이 올랐다며 누나와 엄마에게 아주 고마워했다. 하지만 이 사실을 알게 된다면 과연 뭐라고 할지.

"누나, 아무리 남자가 없다고 해도 그렇지. 어떻게 과외하는 학생을 꼬이냐? 도덕적으로 문제 있는 거 아냐?"

"그런 거 아니야."

"그럼 뭔데?"

"이한이가 날 좋아했다고."

"웃기시네. 그 형이 미쳤냐? 누나가 꼬였지?"

"아니야. 진짜 이한이가 먼저 날 좋아했다고. 진짜라니까, 이 자식아."

누나의 주먹이 내 머리 바로 위까지 왔지만 내 머리를 때리지는 못했다. 대신 누나는 주먹을 펴더니 손바닥으로 내 머리를 쓰다듬었다. 우리는 특별한 남매가 아니냐는 둥 자기가 나를 얼마나 예뻐하는지 아느냐는 둥 누나의 레퍼토리가 시작되었다. 이러다가 내가 태어난 날의 순간까지 올라갈 것 같았다. 초등학교 4학년 봄방학, 나를 처음 만나던 순간을 잊지 못한다며, 갓 태어난 아이가 꼬물거리는 게 얼마나 예뻤는지 몰라 자기의 저금통을 깨서 내게 장난감을 사 주었다는 이야기. 나를 부려먹고 싶을 때마다 누나가 꺼내 드는 단골 메뉴다.

"언제부터 둘이 그런 사이가 된 거야? 설마 과외하면서도 사귀었던 거야?"

"미쳤냐? 절대 아니야."

누나가 손사래를 쳤다. 하긴 사귄 시기가 문제가 아니라 누나와 이한 형이 사귄다는 사실 자체가 미친 짓이다.

"수능 끝나고 걔가 계속 사귀자고 했는데 내가 싫다고 했어."

"그런데?"

"어쩌다 보니 그렇게 됐어. 아직 만난 지 한 달도 안 됐다고."

"아무리 이한 형이 사귀자고 했어도 누나가 싫다고 했어야지. 이한 형, 누나보다 다섯 살이나 어려. 아민 누나보다 딱 한 살 많을 뿐이고."

"몰라. 어떻게 하다 보니까 그렇게 됐어. 그런데 내가 이런 얘기를 너한테 다 해야 돼?"

"그럼 엄마 앞에서 할래?"

"너 정말 어린 게 누나한테 까불래?"

"어린 사람이랑 사귀는 게 누군데?"

순간 머리가 띵했다. 누나는 분을 못 참고 결국 "이 자식!" 하고 소리치며 내 머리를 주먹으로 때렸다. 누나는 화를 잘 참지 못하고 한번 화를 내면 무섭게 낸다. 그건 작은 누나인 아민 누나도 마찬가지라 지민 누나와 아민 누나가 싸우기라도 하는 날에는 세상이 뒤집히는 것 같다. 하도 소리를 지르면서 싸워 대서 아파트 경비실에서 전화가 올 정도다.

"하여튼 너 가족들한테 말만 해 봐."

누나가 벤치에서 벌떡 일어서더니, 나를 노려보며 말했다.

"너, 진짜 죽는다. 알았어?"

누나는 손에 쥐고 있던 비닐봉지를 내게 던졌다. 난 비닐봉지를 들고 누나를 따라 줄레줄레 걸었다.

"어메이징, 어메이징, 어메이징! 어떻게 누나랑 이한 형이?"

누나가 걸음을 멈췄다. 또 나를 때리려는 게 아닐까 싶어 한 걸음 물러섰다. 누나는 나를 쳐다보며 가만히 서 있었다.

"사랑은,"

난 누나의 다음 말을 기다렸다.

"교통사고 같은 거다, 이 자식아."

누나는 그 말을 남기고 다시 걷기 시작했다. 누나와 어울리지 않는 진지한 모습이 너무 웃겼다. 그 어떤 개그 프로그램보다 더 웃겼다. 내가 깔깔대며 웃자 누나가 고개를 돌렸다. 누나가 화난 것 같았지만 도저히 웃음을 멈출 수 없었다.

난 지민 누나의 비밀을 지켜주기로 했다. 생각을 해 보니, 누나와 이한 형이 사귄다는 것을 말해 봤자 나한테 좋을 게 하나도 없었다. 그렇다고 내가 누나의 약점을 잡아 협박을 하는 비(非)가족적인 짓을 하려는 건 아니다. 다만, 좋은 게 좋은 거라고 내가 누나의 비밀을 지켜주면, 누나도 나에게 잔심부름(물을 떠오라거나, 어깨를 주무르라거나, 한밤중에 편의점에서 콜라를 사 오는 일)을 시키지 않을 것이고, 가끔 내 과제도 해 줄 것이고, 내 성적이 나쁘다고 나를 돌탱이라고 부르지도 않을 것이다.

학교에 갈 준비를 마친 후, 아침을 먹기 위해 주방으로 나갔다. 식탁에는 아빠와 지민 누나가 앉아 있었고 엄마는 국을 뜨고 있었다. 엄마가 아빠 앞에 가져다 준 국그릇을 보니 설렁탕이었다.

"엄마, 난 다른 국 줘."

난 식탁 의자에 앉으며 말했다. 설렁탕은 느끼해서 잘 먹지 않는다.

"어제 저녁에 먹은 찌개 있는데, 그거 줄까?"

"응."

엄마가 냉장고에서 냄비를 꺼내 가스레인지에 데우는데 지민 누나가 한소리 하려는 것 같았다. 그러다가 내 얼굴을 보더니 입을 딱 다물었다. 난 누나에게 빙긋 웃으며 왜 그러냐고 물었지만 누나는 아무 말도 하지 않고 조용히 밥을 먹었다. 분명 뭘 그렇게 음식을 가리느냐고 타박하고 싶었을 것이다.

"태민이 너, 학교에서 괴롭히는 애들은 없지?"

아빠가 밥을 먹으면서 물었다. 어제 뉴스에 나온 중학생 자살 사건 때문에 묻는 것 같았다. 학교 폭력에 시달리던 중학교 2학년 남자애가 괴롭힘을 이기지 못하고 자살을 했다.

"없어."

"하여튼 요즘 십 대들 문제라니까."

아빠와 엄마, 누나가 한목소리로 십 대가 문제라는 말을 했다. 나는 아무 말도 하지 않았다. 왕따니 빵 셔틀이니, 요즘 뉴스에 자주 중학생 폭력 문제가 나온다. 뉴스를 보고 있으면 나도 입이 딱 벌어질 정도로 무섭다. 하지만 모든 중학생 애들이 그런 건 아니다. 사십 대 아저씨 몇 명이 나쁜 짓을 했다고 사십 대 전체를 다 나쁘다고 매도하지 않으면서, 사회에서는 십 대 몇 명이 잘못을 하면 십 대 전체를 문제라고 싸잡아 비난한다. 중2병, 지랄병, 외계인에 이어, 이젠 예비 범죄자 누명까지 쓰게 생겼다.

밥을 거의 다 먹었을 때 즈음, 엄마가 아빠에게 몇 시에 들어오느냐고 물었다. 아빠는 회식이 있어 늦을 거라고 했다.

"오늘 지민이 일찍 들어와서 태민이 밥 좀 챙겨 줘. 엄마 저녁 약속 있어."

"나 약속 있단 말이야. 그냥 알아서 챙겨 먹으라고 해. 나이가 몇인데 밥도 혼자 못 차려먹어?"

"아직 어리잖아."

"어리긴 뭘 어려?"

누나가 엄마에게 투덜거렸다. 평소 같았으면 알아서 피자를 시켜 먹거나 라면을 끓여 먹겠다고 했을 테지만 오늘은 그러고 싶지 않았다.

"고등학교 동창 모임 있단 말이야."

귀가 번쩍했다.

"그럼 이한 형네 아줌마도 와?"

"당연하지."

나는 살짝 고개를 돌려 누나를 쳐다보았다.

"당연히 내가 챙겨 줘야지. 하나밖에 없는 남동생인데."

누나는 '하나밖에 없는 남동생' 부분에서 이를 살짝 악물었다. 나는 개의치 않고 "까르보나라 먹고 싶어. 베이컨 많이 넣어야 하는 거 알지?"라는 말을 남기고 식탁에서 일어섰다.

체육 수업 빼고 수업을 기다렸던 건 처음이다. 국어 선생님은 오늘 과제 조를 알려 주겠다고 했다. 과연 어떤 여자애들이랑 같은 조가 될지 궁금하다. 이번 모둠 과제를 하면서 여자애들과 친해질 생각이다. 우진이는 논술반 유진이와 메신저에서 채팅도 한다며 자랑이 이만저만이 아니다.

선생님은 수업이 다 끝나 가도록 모둠 과제에 대한 말을 하지 않고 있다. 선생님이 잊고 있는 걸까? 선생님을 뚫어지게 쳐다보았지만, 선생님은 내 시선을 못 느끼는 것 같았다. 다음 주로 넘어가는 건가 싶었는데, 수업 시간을 오 분 남기고 선생님이 과제에 대한 말을 꺼냈다. 선생님은 독서신문 만들기가 수행평가에 들어가니 잘하라고 주의를 주었다.

"모둠을 나눌 테니까, 조원끼리 모여 과제할 거 상의하도록 해."

국어 선생님은 컴퓨터 프로그램을 통해 과학적으로 조를 짰다며 불평을 하지 말라고 했다. 우진이가 손을 들고 과학적인 방법이 뭐냐고 묻자, 선생님은 '사다리 타기'라고 말하며 씨익 미소를 지었다. 전혀 재밌지 않았지만 난 선생님께 너그러워지기로 마음먹었기에 크게 웃었다.

모둠은 총 아홉 개로, 각 모둠은 남학생 두 명, 여학생 두 명이었다.

선생님이 1조부터 이름을 불렀다. 내가 몇 조에 속할지 주의 깊게 선생님의 이야기를 들었다.

"4조, 주효림, 김윤지, 김태민, 한준범."

이런, 완전 꽝이다. 준범이와 같은 조가 되다니. 우진이와 석준이는 안됐다는 표정으로 나를 쳐다보았다. 준범이가 성실하지 않기 때문에 문제가 되는 게 아니다. 여자애들한테 관심을 받기 글 렀기 때문이다. 내가 울상을 짓고 있는데, 우진이가 7조 조원으 로 호명되었다. 그런데 우진이의 조에는 이영재가 있었다. 우진이 가 주먹으로 책상을 쾅, 하고 쳤다. 우진이보다 내가 나았다. 한준 범이야 얼굴만 잘생겼지만 이영재는 얼굴과 머리, 둘을 갖춘 멀티 플레이어다. 나는 우진이의 얼굴에 혀를 날름거리며 약을 올렸다.

선생님의 지시대로 각 조원끼리 모였다. 나와 준범이가 여자아 이들이 앉은 쪽으로 갔다. 효림이는 점심을 먹은 후에 모여서 이 야기를 하자고 했다. 효림이는 우리 반 부반장으로 공부를 잘한다. 여자 박석준이라고 해도 좋을 정도로 아는 게 많고, 책도 많이 읽 었다. 하지만 석준이와 다르게 좀 무섭다. 반장 이영재보다 더 나 서서 반 아이들을 휘어잡고 자기 할 말을 다 한다. 그리고 윤지는 우리 반 여자 중에서 키가 제일 작고, 목소리도 작고 피부도 뽀얗 다. 그래서 담임선생님은 종종 윤지를 '애기'라고 불렀다. 우리 모 둠은 점심을 먹은 후, 1시 20분에 다시 만나기로 하고 헤어졌다.

급식소로 걸어가는데 우진이는 운이 없다며 투덜거렸다. 반면 에 석준이는 조원이 마음에 드는지 표정이 밝았다.

"왜 하필 이영재랑 같은 조냐고. 우리 조 여자애들 나 쳐다보지 도 않아."

"넌 논술반 유진이랑 잘해 보면 되잖아."

"야, 분산투자 몰라? 한 명한테 올인할 수는 없다고. 침, 근데 너희 조 여자애들 누구야?"

난 주효림이랑 김윤지라고 대답했다. 우진이는 나한테 윤지와 잘해 보라고 했다. 준범이와 같은 조가 된 게 마음에 들지는 않지만, 여자 조원들이 제법 마음에 들었다. 효림이가 있으니 과제 점수를 못 받지는 않을 것 같았고, 윤지는 우진이 말대로 귀여웠다.

"야, 얼른 가자."

난 우진이와 석준이의 등을 떠밀었다. 빨리 먹고 돌아가서 조모임을 하고 싶었기 때문이다.

점심을 먹은 후 곧바로 교실로 돌아왔다. 효림이와 윤지는 보이지 않았고 준범이만 있었다. 맨 뒷자리에서 비스듬히 앉아 있는 준범이는 남자인 내가 봐도 멋있다. 아무렇게나 찍어도 화보가 될 것 같았다. 준범이와 친하지 않아 먼저 그 애에게 가서 모둠 과제 이야기를 하는 게 꺼려졌다. 여자애들이 밥을 먹고 돌아올 때까지 기다리는 게 나을 것 같았다.

자리에 앉으려다가 사물함 쪽으로 갔다. 오늘부터 양치를 해야겠다. 새 학기가 된 후, 사물함에 치약과 칫솔을 가져다 놓았다. 갖다 놓은 첫날, 딱 한 번 양치를 했을 뿐 그 이후로는 하지 않았다. 점심시간에 친구들과 놀기에도 바빴고 무엇보다 귀찮았다.

사물함에서 칫솔을 꺼내고 있는데 우진이가 다가왔다.

"뭐 하냐, 너?"

"양치 좀 하려고."

우진이가 나를 보고 징그럽게 웃으며 손가락으로 내 옆구리를 찔렀다.

"야, 그만해."

장난을 거는 우진이를 두고 교실 밖으로 나왔다. 화장실 쪽으로 걸어가고 있는데 우진이가 따라왔다. 우진이 손에도 칫솔과 컵이 들려 있었다. 내가 뭐 하는 거냐고 묻자, 우진이는 웃기만 할 뿐 아무 대답도 하지 않았다.

화장실에 들어서는데, 이미 석준이가 세면대 앞에서 양치를 하고 있었다. 석준이는 나와 우진이를 보고 멋쩍게 웃었다. 우리 셋은 원래 양치를 해 왔던 것처럼 아무렇지도 않게 세면대에 나란히 서서 양치질을 했다.

양치를 끝내고 교실로 돌아와 보니, 효림이와 윤지, 준범이가 모여 있었다. 난 얼른 사물함에 양치도구를 넣어 놓은 후 조원들이 모여 있는 쪽으로 갔다.

"우리, 주제 뭐로 할래?"

효림이가 주로 이야기를 이끌었다. 난 뭐가 좋을지 딱히 생각나는 게 없었다. 그건 다른 아이들도 마찬가지인 듯했다.

"다음 주까지 하나씩 생각해 오는 게 어떨까?"

윤지가 작은 목소리로 말했다. 난 그게 좋을 것 같다고 했고, 준범이도 고개를 끄덕였다.

"한 달 반 정도 시간이 있긴 하지만, 그래도 빨리 정해서 하자. 중간고사 전까지 주제 잡고 과제 분담하는 거야. 어때?"

효림이의 말에 조원들이 모두 동의했다. 효림이는 핸드폰 번호를 교환하자고 했다. 학교에서 모여 하지 못한 이야기는 메신저를 통해 집에 가서 하자는 뜻이었다. 한 사람씩 전화번호를 불렀고, 나머지 사람들은 그걸 핸드폰에 저장했다. 메신저에서 주로 우진이나 석준이 같은 남자애들과 대화를 나누었는데, 여자애들과 대화할 생각을 하니 왠지 모르게 흐뭇했다. 여자애들의 핸드폰 번호가 게임 아이템보다 더 소중하게 여겨졌다.

점심시간이 다 끝나 가고 있었다. 모둠 모임을 끝내야 했다.

"주효림, 네가 조장 해라."

헤어지기 직전, 준범이가 효림에게 말했다. 명령조도, 부탁조도 아닌 별 특징 없는 말투였지만 낮은 목소리가 꽤 멋졌다.

"아무래도 조장이 있는 게 좋지 않겠어?"

준범이가 살짝 미소를 지으며 말했다. 나도 모르게 고개를 끄덕였다. 슬쩍 고개를 돌려 효림이와 윤지를 쳐다보았다. 여자애들도 준범이를 멋있다고 생각하는 것 같았다. 준범이에게 시선을 뺏길

58

수 없었다.

"그래, 조장이 필요할 것 같아. 뭔가 중심이 있으면 좋잖아. 조장을 중심으로 나머지 조원들도 열심히 하자."

난 성실 모드를 취하여 차근차근 말했다. 아빠는 똑똑하거나 재능 있는 사람보다 성실한 사람이 결국엔 성공한다는 말을 자주 했다. 이 상황에 그 말이 어울리는지는 잘 모르겠지만 내가 준범이보다 잘할 수 있다고 내세울 수 있는 건 그것밖에 없다.

잠시 고민을 하던 효림이는 알겠다며 우리에게 다 같이 잘해 보자는 말을 했다. 난 정말 잘해 보고 싶다. 모둠 과제도, 여자친구 만들기도!

4

학교 수업이 끝난 후, 우진이와 석준이와 함께 햄버거를 먹으러
왔다. 그런데 석준이의 표정이 좋지 않았다. 생각해 보니 오늘 하
루 종일 그랬다. 한숨도 꽤 여러 번 내쉰 것 같다.

"교수, 너 왜 그러냐?"

우진이가 석준이의 등을 치며 물었다. 하지만 석준이는 대답을
하지 않은 채 햄버거만 먹었다.

"왜 그래? 아까 점심시간에 보니까 너희 조 여자애들이 너만 쳐
다보고 있던데."

내가 물었지만 석준이는 대꾸를 하지 않았다. 이번 과제로 석준
이는 조원 여자애들에게 확실히 점수를 따고 있는 것 같다. 석준
이가 주도해서 독서신문 만들기를 하고 있기 때문이다. 반면에 우

진이는 이영재 때문에 자신은 조금도 빛이 나지 않는다며 죽을 맛이라고 했다. 그래서 우진이는 아예 조원 여자애들에게 잘 보이기를 포기한 것 같다. 쉬는 시간이나 점심시간이면 조원이 아닌, 근처에 있는 아무 여자애들한테 가서 괜히 말을 걸고 친한 척을 했다. 다행히 재미있는 성격이라 여자애들도 그다지 싫어하는 것 같지 않았다.

"난 말이야. 어정쩡하게 잘생긴 게 문제야."

우진이가 제법 심각한 얼굴을 하며 말했다.

"까브리, 그건 또 뭔 소리야?"

"잘생기려면 한준범처럼 확 잘생겨야 하는데, 그건 아니란 말이지. 그렇다고 너희들처럼 아예 못생긴 것도 아니잖아. 안 그러냐?"

난 못들은 척하고 햄버거를 먹었다. 이럴 땐 무시하는 게 최고다.

"침, 그나저나 조원 여자애들이랑 좀 친해졌어?"

내가 대놓고 무시하자 우진이가 금방 화제를 돌렸다. 난 적당히 친해지고 있는 중이라고 대답했다. 이상하게 메신저에서는 친하게 이야기를 하지만, 막상 교실에서 얼굴을 맞대고 보면 친한 척하는 게 어려웠다. 어제도 효림이, 윤지와 십 분 정도 메신저에서 이야기를 주고받았다. 하지만 오늘 만났을 때는 서로를 대하는 게 왜 그리 어색한지.

"야, 윤지랑 잘해 봐. 윤지 귀엽잖아."

"안 그래도 그럴 거야."

나와 우진이가 조원 여자들에 대해 이야기를 하는데, 석준이는 한마디도 하지 않고 먹기만 했다. 우리가 햄버거의 절반도 먹지 못했지만, 석준이는 햄버거에 이어 감자튀김까지 다 먹어치웠다. 맛있어서 먹는다기보다 뭔가 화풀이하는 것처럼 음식을 먹어치우는 것 같았다. 석준이는 스트레스를 음식 먹는 걸로 풀 때가 많다.

"야, 그런데 주효림은 어떠냐?"

"뭐 효림이도 괜찮은 것 같아."

"그 바늘이?"

우진이가 얼굴을 찌푸렸다. 남자아이들은 주효림을 '바늘'이라고 불렀다. 바늘로 찔러도 피 한 방울 나오지 않을 것 같고 바늘처럼 여기저기 콕콕 찌르고 다닌다며 우진이가 그렇게 별명을 지었다.

"아냐. 조모임 해 보니까 별로 안 이상한 거 같아."

효림이와 같은 조가 되기 전에는 효림이가 조금 무서웠다. 수업시간에도 너무 똑 부러지게 이야기하고 조금 고집 있어 보였다. 하지만 같이 조모임을 할 때 보니까 꼭 그렇지도 않았다.

"야, 너 주효림 어때?"

나는 석준이를 쳐다보며 물었다.

"무슨 소리야?"

"효림이랑 잘해 보는 게 어떠냐고?"

효림이는 석준이에게 관심을 보였다. 석준이가 무슨 책을 읽는지, 어떻게 공부하는지 궁금해했다. 하지만 석준이는 뜬금없이 무슨 소리를 하느냐는 표정으로 나를 쳐다보았다.

"걘 나한테 관심 없어. 그냥 나를 라이벌로 생각해서 그러는 거라고."

"교수, 라이벌이 여친 되고 그러는 거지. 어제의 적이 오늘의 동지 되는 거 몰라?"

우진이가 석준이의 어깨에 팔을 두르며 말했다. 나도 효림이의 장점을 석준이에게 말했다. 박석준과 주효림, 왠지 잘 어울릴 것 같았다. 석준이가 하지 말라고 했지만 나와 우진이는 계속해서 석준이와 효림이를 엮었다.

"하지 말라고."

"에이, 왜 그래? 너희 둘 정말 잘 어울릴 것 같다니까?"

난 손가락으로 석준이의 팔을 찌르며 말했다. 석준이가 손을 치우라며 내 팔을 툭 쳤다. 하지만 난 개의치 않고 이번에는 양손가락으로 석준이를 마구 찔렀다.

"왜 자꾸 그래? 그리고 난……."

석준이가 무슨 말을 하려다가 멈추었다.

"넌 뭐? 뭐?"

나와 우진이는 석준이에게 무슨 말을 하려고 했느냐고 물었다.

"주효림은 나한테 관심 없어. 그리고 나도 주효림한테 관심 없다고."

석준이가 고개를 숙이더니 빨대로 콜라를 마셨다. 얼음밖에 남아 있지 않았지만, 석준이는 계속 빨대를 빨았다. 빨대와 컵이 부딪쳐 삑삑대는 소리가 계속 났다.

"야, 너 뭐 있지?"

석준이가 수상하다는 생각이 들었다. 우진이도 그렇게 느꼈는지 석준이를 추궁하기 시작했다.

"너 따로 좋아하는 여자 있는 거지? 그렇지?"

우진이와 내가 아무리 물어도 석준이는 입을 꾹 다물고 이야기를 하지 않았다. 아무 말도 하지 않는 걸 보면 확실하다. 우린 석준이가 좋아하는 여자가 누군지 궁금했다. 하지만 석준이는 우리가 옆구리를 계속 찌르고 목을 졸라도 전혀 입을 열지 않았다. 옛날에 태어나 독립운동을 했으면 아주 잘했을 것이다.

"말하기 싫으면 말던지. 근데 교수, 너 혼자 꽁꽁 숨겨 두면 그 여자애랑 잘될 것 같냐? 세상 모든 일에는 조력자가 필요하다고. 그냐, 안 그냐?"

우진이가 나를 보며 묻자, 나는 당연한 거 아니냐며 우진이의 말에 동의했다. 방자가 없었다면 이몽룡과 성춘향은 사랑을 이루지 못했을 거라는 둥, 우리가 너를 돋보이게 해 줄 수 있다는 둥 별로 설득력 없는 말을 계속했다.

"도대체 누구야?"

"우리 반이야? 응?"

석준이가 나와 우진이를 보며 입을 달싹거렸다. 말을 할 것도 같았다.

"누군데? 백혜지? 이소울? 이은성? 주보라?"

나와 우진이는 우리 반 여자애들 이름을 한 명씩 대기 시작했다. 하지만 석준이는 아무 반응이 없었다.

"도대체 누구냐고?"

우리 반 여자애들 이름을 거의 다 말하고 나서도 석준이가 말을 하지 않자 우진이가 화를 냈다.

"박민지야."

석준이가 조용한 목소리로 말했다.

"누구? 박민지?"

나와 우진이는 다시 한 번 되물었다.

"설마 그 박민지? 다른 박민지 있는 거 아니지?"

나와 우진이가 큰 소리로 말하자, 석준이는 주위를 두리번거리며 조용히 하라고 했다.

"진짜, 진짜 박민지야? 이민지 말고 박민지?"

석준이가 고개를 끄덕였다. 우리 반에는 민지가 두 명 있다. 석준이와 어울리는 건 '박'이 아니라 '이'였다. 박민지는 한준범 부류다. 예쁜 걸로는 전교에서 손꼽힐 정도지만 공부에 전혀 관심이 없고, 수업 시간에도 딴짓 하기 일쑤에 신경 쓰는 거라고는 멋 부리기밖에 없다. 한마디로 민지는 '노는 애'였다.

"야, 박민지가 예쁘기는 하지만 이건 아니야. 너랑 걔는 너무 안 어울려."

우진이가 방방 뛰며 말도 안 된다고 소리쳤다. 내 생각에도 석준이와 박민지는 영 아니다. 둘은 극과 극이다.

"너 그럼 걔랑 사귀고 싶어?"

내가 묻자 입을 꾹 다문 석준이가 고개를 끄덕였다.

"야, 그러면 너 절대 여자친구 못 사귀어. 대상을 바꿔. 박민지는 아무래도 아니야. 걔는 절대 너 좋아할 리 없어."

우리는 딴 여자애를 찾아보라고 설득했다. 하지만 석준이는 고개를 설레설레 저었다.

"나, 사실은 작년부터 박민지 좋아했어."

"정말?"

우리는 박민지와 작년에도 같은 반이었다. 석준이는 첫눈에 민지를 보고 좋아하게 되었지만 2년 연속 같은 반이 되었으면서 말도 한 번 제대로 해 보지 못했다.

"나 꼭 박민지와 사귀고 말 거야."

석준이의 목소리는 아주 단호했다. 하지만 난 속으로 석준이를 우리 내기에서 아웃시켰다. 아무래도 내기는 나와 우진이, 둘이서 진행해야 할 것 같다.

나와 우진이는 석준이에게 시선을 떼지 않았다. 교실 뒤쪽에서 석준이와 박민지가 이야기를 나누고 있다. 박민지가 석준이에게 말을 하고 석준이는 고개를 끄덕이기만 한다.

이야기를 끝낸 석준이가 자리로 돌아왔다.

"어어, 교수. 무슨 이야기했어?"

"아주 다정해 보이던데?"

석준이가 나와 우진이에게 인상을 쓰며 조용히 하라고 했다.

"오늘 일이 있어서 모둠 모임 때 못 온다고."

그 말을 하는 석준이의 표정이 별로 좋아 보이지 않았다. 분명 석준이는 박민지와 함께 모임을 하고 싶었을 것이다. 석준이는 박민지와 같은 모둠이라고 좋아했지만 정작 모둠 과제를 하면서 별로 친해지지 못한 것 같다. 석준이에게 힘내라는 말을 하려는데 갑자기 우진이가 자리에서 벌떡 일어나 여자애들 쪽으로 가 버렸다. 어디 가나 봤더니 자기 모둠 여자애들한테 간 것이다. 우진이가 무슨 농담을 하는지 여자애들은 깔깔대며 웃었다. 우진이의 제스처를 보니 요즘 인기 있는 개그 프로그램을 따라하는 것 같다. 우진이는 틈만 나면 여자애들 쪽으로 가서 놀았다. 쉬는 시간이나 점심시간은 물론이고 체육 시간에도 여자애들한테 갔다. 우진이는 여자애들과 친해지면, 한 명쯤 자기를 마음에 들어 하는 애가 생기지 않겠냐고 했다.

"너, 꼭 박이어야만 하냐?"

난 석준이에게 물었다. 우리는 교실 안에서 박민지를 '박'이라고 부르기로 했다. 혹시 다른 아이들이 듣고 눈치채면 안 되기 때문이다.

"너 꼭 밥 먹어야 해? 안 먹으면 안 돼?"

"그게 무슨 소리야?"

"같은 거야. 사람이 밥을 먹지 않으면 안 되듯이, 나도 걔가 아니면 안 돼."

석준이는 매우 진지하게 말했다. 석준이를 이해할 수 있을 것 같으면서도 이해가 가지 않았다. 석준이는 책상 서랍에서 책을 꺼내더니 책을 읽기 시작했다. 석준이를 방해하고 싶지 않아 몸을 돌리려는데 석준이가 말을 걸었다.

"넌 너희 조원 여자애들이랑 좀 친해졌어?"

"뭐, 조금."

난 고개를 돌려 우리 조원 여자애들을 살펴보았다. 효림이는 자리에 앉아 있었지만, 윤지는 아직 어디 갔는지 보이지 않았다.

조회 시간을 알리는 종소리가 울리자, 곧 담임선생님이 들어왔다. 우진이는 담임선생님이 교탁을 몇 번 친 후에야 자리로 돌아왔다. 뭔가 수확이 있는지 우진이는 싱글벙글이었다. 그런데 담임선생님 옆에는 처음 보는 여자가 서 있었다. 우리는 고개를 돌려 서로를 보며 누구지, 라는 눈빛을 보냈다.

"이것들 봐라. 예쁜 선생님이 오시니까 눈이 번쩍하지?"

"네!"

우진이가 아주 큰 소리로 대답을 했다. 담임선생님 옆에 있는 여자는 손으로 입을 가리며 웃었다. 여자는 대학생 누나처럼 보였다.

"새로 오신 유세현 교생 선생님이셔. 과목은 나랑 같은 영어야. 앞으로 2주간 수업 때마다 오셔서 교실 뒤에 계실 거고, 2주 뒤에는 교생 선생님이 직접 수업하실 거야."

매년 5월이면 교생 선생님이 온다. 교생 선생님은 2학년 수업에 주로 들어가기 때문에 작년에는 교생 선생님 수업을 듣지 못했다.

"그나저나 다들 공부 열심히 하고 있지? 우리 반 수업 태도 좋다고 선생님들 칭찬이 자자한데 중간고사 잘 못 보면 웬 망신이야?"

선생님은 다음 주 앞으로 다가온 중간고사에 대해 이야기했다. 선생님이 이야기하지 않았다면, 다음 주가 중간고사 기간인 것을 잊어버릴 뻔했다. 난 시험에 별로 연연하는 스타일은 아니지만 시험을 생각하니 기분이 썩 좋지만은 않았다. 어느 학생이 시험을 좋아하겠는가.

"그래도 시험 끝나면 바로 수련회 가잖아. 그러니까 인상 좀 펴라."

수련회라는 이야기에 몇 명의 아이들이 책상을 치며 좋아했다. 나도 기분이 좋았다. 이런 걸 두고 채찍과 당근이라고 하는 건가 보다. 하지만 담임선생님은 우리를 보고 조삼모사의 원숭이 같다고 했다. 우진이가 "어차피 사람은 다 원숭이였잖아요. 선생님도 마찬가지예요."라고 말하자 아이들이 웃었다. 그런데 오늘따라 여자애들의 목소리가 더 큰 것 같았다. 우진이의 노력이 조금씩 통하고 있는 것 같다.

조회를 끝낸 담임선생님이 교생 선생님과 함께 교실을 나갔다.

"교생, 내가 찍었어."

선생님이 나가자마자 우진이가 말했다.

"야, 너 교생이 몇 살인 줄 알고나 그러냐?"

"글쎄. 스물셋이나 스물넷 정도 되지 않았을까?"

난 대답 대신 가만히 우진이의 얼굴을 쳐다보았다. 우진이 옆에 있는 석준이는 '쯧쯧' 하고 혀를 찼다.

"너, 설마 우리가 몇 살인지 잊은 건 아니겠지?"

스물셋이라고 하면, 우리와 여덟 살이나 차이가 난다.

"요즘 아무리 연상연하가 대세라고 하지만 여덟 살은 좀 그렇다."

난 고개를 설레설레 저었다.

"난 세 살까지는 괜찮을 것 같은데, 그 이상은 별로야."

"나도."

나와 석준이가 말했다. 그런데 갑자기 우진이가 손가락 두 개를 펴 보였다.

"뭐야, 그게? 넌 두 살까지 괜찮다는 거냐?"

"아니."

"그럼?"

"난 내 나이 두 배까지는 괜찮을 것 같아."

우진이가 씩 웃었다. 난 우진이의 머리를 때리며, "에라, 이 미친놈아."라고 말했다. 하지만 우진이는 계속 실실 웃기만 했다. 진심인가 보다.

"난 연애를 아주 많이 할 거야. 상대를 가리지 않고 말이야."

우진이는 연애를 적어도 백 번은 하고 결혼을 할 거라고 말했다. 그러자 이번엔 석준이가 우진이 뒤통수를 치며 말했다.

"정신 차려, 새끼야."

5

학교에서 출발한 지 두 시간이 채 되지 않아 수련회 장소인 속리산 유스호스텔에 도착했다. 버스 문이 열리자마자 우진이가 제일 먼저 내렸다. 우진이는 버스를 오래 타면 멀미가 난다며, 오는 내내 인상을 쓰며 조용히 자리에 앉아 있었다. 멀미가 아니었다면 우진이는 두 시간 동안 끊임없이 떠들었을 것이다.

"아, 이제 좀 살 것 같네."

우진이는 기지개를 펴며 한껏 공기를 들이마셨다. 그리고 여자 애들이 보기 전에 얼른 귀 뒤에 붙였던 패치를 떼었다.

"내가 정말 우리 엄마 때문에 창피해 죽겠다니까."

우진이는 멀미약만 먹고 오려고 했지만, 엄마가 억지로 패치를 붙여 주었다고 했다. 창피함을 무릅쓰고 지금까지 붙이고 있었던 것을 보면, 우진이도 멀미가 무섭긴 했나 보다.

학생 주임 선생님이 반별로 모이라며 호루라기를 불었다. 반장인 이영재가 모이라고 소리치자, 이영재와 담임선생님을 중심으로 반 아이들이 모였다.

"방에 가서 짐 풀고, 11시 30분까지 지하 1층 강당으로 모여. 거기에서 일정에 대해 학생 주임 선생님이 설명해 주실 거야."

담임의 말이 끝나고 이영재가 방 키를 각 조 조장들에게 나누어 주었다. 일곱 명씩 같은 방을 썼고, 그 방을 중심으로 남자 세 개 조, 여자 세 개 조로 나뉘었다. 나와 우진이, 석준이는 같은 조가 되었다.

모둠원 아이들과 함께 방으로 들어왔다. 방에는 2층 침대가 네 개 있었다. 양 옆에 침대가 각각 한 개씩 벽에 붙어 있고, 문을 열고 보이는 맞은편에는 침대 두 개가 나란히 벽에 붙어 있었다. 우진이는 자기는 1층에서 자야 한다며, 오른쪽에 놓인 침대 1층에 가방을 던졌다.

"내가 잠버릇이 심해서 2층에서 자면 떨어진단 말이야."

나머지 아이들도 각자 알아서 침대를 맡았다. 나는 1층이든 2층이든 상관없었다. 난 아이들이 자리를 잡기를 기다렸다. 2층 쪽 침대가 두 개 남자, 나는 석준이의 침대 위쪽으로 잡았다.

침대에 앉아 쉬고 있는데, 학생 주임 선생님이 방 문을 두드리며 얼른 나오라고 소리쳤다.

"제일 늦게 모인 반이 점심도 제일 늦게 먹는다."

그 말을 듣고 서둘러 침대에서 내려왔다. 아이들이 빨리 내려가자고 했다. 3일 동안 수업을 하지 않아 좋긴 하지만 여기에서도 규칙대로 움직여야 한다고 생각하니 썩 좋지만은 않았다.

반별로 지하 1층 강당에 모여 앉았다. 학생 주임 선생님이 각 반 반장들에게 종이를 나누어 주었고 앞에서부터 종이가 넘어왔다. 종이에는 3일 동안의 일정이 적혀 있었다. 수련회 첫날인 오늘은 점심을 먹고 오후에는 포크댄스 배우기와 청소년 상담센터 소장의 강연이 있다. 둘째 날인 내일은 산행을 다녀온 후, 저녁에는 캠프파이어와 장기자랑을 한다. 그리고 마지막 셋째 날에는 아침을 먹고 바로 학교로 돌아간다.

"말이 산행이지 극기 훈련이 따로 없대. 수련회를 가장한 극기 훈련이래."

"여자애들 꽤 많이 운다고 하던데?"

아이들은 내일 일정인 산행에 대해 걱정스러운 마음으로 말했다. 우리 학교 수련회의 산행은 힘들기로 유명했다. 첫날 일정이 그다지 힘들지 않은 것도 바로 내일 산행 때문이다. 선생님들은 수련회에 다녀오면 아이들이 달라져서 학생들을 다루기 편해진다고 했다. 도대체 얼마나 힘들기에 그러는 걸까. 엄살이 아닐까도 싶지만 우리 학교를 졸업한 이한 형의 말을 들으면 산행의 강도는 대단했다. 형은 이대로 죽는 게 아닐까 싶을 정도로 힘들었다고 했다.

학생들이 유인물을 다 받고 난 후, 교감 선생님과 수련회 원장님의 말씀이 이어졌다. 그 후에 학생 주임이 교단에 올랐다. 학생 주임이 일정을 하나하나 설명하면서 3일 동안 똑바로 하라고 몇 번이나 주의를 주었다. 이번에 제대로 하지 못하면 남은 2학년 생활을 편히 할 생각은 꿈도 꾸지 말라며 엄포를 놓았다.

일정 설명이 끝난 후 점심시간이 되었다. 다행히 우리 반은 일찍 모여 9반 중 세 번째로 식당에 갈 수 있었다.

"산행 빠지는 방법 없을까? 나 내일 산에서 쓰러질지도 몰라."

우진이는 배식판을 식탁 위에 내려놓으며 말했다.

"나 도망가고 싶어."

우진이가 울상을 지으며 말했다. 딱히 우진이에게 대꾸할 말이 없어 나와 석준이는 그냥 밥만 먹었다. 하지만 우진이는 우리가 반응을 하든 말든 신경 쓰지 않고 계속 투덜댔다. 내가 말할 힘을 비축해서 내일 산에 오르라고 했지만 우진이는 말하는 힘과 산에 오르는 힘은 엄연히 다른 거라며 계속 산행에서 빠질 방법을 떠올렸다.

점심 식사를 마치고 포크댄스 장소인 소강당으로 갔다. 2학년 전체가 다 모여서 하기에는 인원이 너무 많아, 세 반씩 나누어 포크댄스를 배우기로 했다. 소강당에 우리 반 여자애들뿐만 아니라 1, 2반 여자애들이 들어오자 우진이는 신이 나서 어깨춤을 추었다. 여기서 도망치고 싶다고 말한 지 불과 십 분도 지나지 않았다.

"아깐 괜히 왔다며?"

우진이의 팔을 툭 치며 말했다.

"몰라."

우진이는 싱글벙글이었고 석준이는 그럴 줄 알았다는 눈빛으로 우진이를 쳐다보았다. 난 슬쩍 여자애들이 모인 곳으로 시선을 돌렸다.

포크댄스 강사 선생님이 강당에 들어왔다. 삼십 대 후반으로 보이는 여자 분이었다.

"원을 크게 만드세요."

선생님이 시키는 대로 우리는 크게 원을 만들었다.

우리가 원을 다 만들고 나자, 선생님은 우리가 만든 원 안에 들어왔다. 선생님은 남자아이 한 명을 가리키며 나오라고 했다. 1반의 키 큰 남자애가 나왔고, 그 남자애와 시범을 보이면서 포크댄스 추는 방법을 가르쳐 주었다. 음악에 맞추어 앞쪽에 있는 사람과 열 가지 동작의 춤을 추고 짧은 음악이 끝남과 동시에 바깥쪽에 서 있는 사람이 왼쪽으로 한 칸 움직이면 되었다.

"여학생들이 안쪽에 원을 만들고, 남학생들은 바깥쪽에 원을 만들어 서세요."

선생님의 지시에 맞추어 아이들이 움직였다.

"자, 그럼 음악 시작하면 가르쳐 준대로 하는 거예요."

음악이 나오기 시작했다. 내 앞에는 모르는 옆 반 여자애가 서 있었다. 여자와, 그것도 처음 보는 여자애와 손뼉을 마주칠 생각을 하니 어색했다. 내 앞에 있는 여자애도 마찬가지인 듯했다. 양팔을 허리에 올린 후 박자에 맞추어 춤을 추었다. 그다음 오른손, 왼손 손뼉을 여자애와 마주쳤다. 여자애와 맞잡은 오른손을 머리 위로 올리고 여자애가 한 바퀴 돌았다. 그다음 나는 옆으로 옮겨 갔다. 이번에는 우리 반 여학생인 미리였다. 아는 사이니까 오히려 더 편했다.

"야, 이거 완전 재밌지 않냐?"

파트너를 바꾸는 사이, 옆에 서 있던 우진이가 내게 말을 걸었다. 우진이는 파트너가 된 여자애들 모두에게 느끼한 눈빛을 던졌다.

열 번쯤 돌아가며 포크댄스를 추고 있는데, 옆을 보니 다음 파트너가 효림이였다. 효림이는 우진이와 포크댄스를 추었다. 이번에도 우진이가 느끼하게 효림이를 쳐다봤다. 그러자 효림이가 손가락 두 개로 우진이의 두 눈을 찌르는 시늉을 했다. 우진이가 깜짝 놀라 뒷걸음질을 쳤다. 우진이가 당황하는 모습을 보니 우스웠다.

"야, 조심해. 바늘, 완전 무서워."

우진이가 파트너를 바꾸며 내게 전했다. 그 말을 효림이가 들었는지 효림이는 우진이에게 주먹을 들어 보였다.

새로 음악이 시작되었다. 난 효림이와 마주섰다. 실수로 오른쪽 발을 먼저 내밀어야 하는데, 왼쪽 발을 내밀었고 박자를 놓쳤다. 우왕좌왕하는 내 모습에 효림이가 "뭐 하는 거야?"라고 말하며 웃었다. 겨우 다시 박자를 찾아 효림이와 춤을 출 수 있었다. 이제 틀리지 말자고 생각하고 집중했더니, 다행히 더 이상 창피스러운 꼴을 보이지는 않았다. 음악이 끝났다. 나는 다시 옆으로 움직였다.

포크댄스가 끝나고 강당에서 나오는데 우진이가 팔로 내 목을 감았다.

"야, 이거 완전 재밌다. 포크댄스 같은 거 진짜 유치하다고 생각했는데."

우진이가 계속 실실대며 말했다. 우진이는 계속 내 어깨에 팔을 올리고 있었다. 귀찮고 무겁다. 확실히 다르다. 아까 여자애들의 손을 잡았을 때는 뭐랄까, 살짝만 잡았는데도 온몸의 감각이 다 살아나는 기분이었다.

난 팔꿈치로 우진이의 배를 밀었다. 살살 밀었는데도 우진이가 과장되게 아픈 소리를 내며 내게서 떨어져 나갔다. 우진이가 바닥에 쭈그려 앉아 "으윽! 날 배신하다니!" 하고 연기를 했지만 난 모른 체했다.

손바닥을 펴 보았다. 아직도 손끝에 찌릿찌릿한 느낌이 남아 있었다.

산행은 예상했던 것보다 더 힘들었다. 단순히 산에 오르는 게 아니라, 산을 오르면서 몇 가지 관문을 거쳐야 했다. 밧줄로 암벽 타기, 바위 뛰어넘기 등을 했다.

이제 힘든 게 거의 다 끝이 났겠지 싶었는데, 하이라이트가 우리를 기다리고 있었다.

"야, 저게 뭐야?"

우리 반보다 먼저 출발한 3반 아이들이 왜 소리를 질렀는지 알 것 같았다. 눈앞에 긴 낭떠러지가 보였다. 산과 산 사이에 있는 높은 낭떠러지에 나무와 밧줄로 만든 다리가 보였다. 그리고 그 앞에 빨간 모자와 선글라스를 쓴 새로운 교관이 있었다. 하지만 우리 시선은 아찔한 높이의 허공에 매달린 허술해 보이는 다리로만 향했다.

"자, 여기까지 무사히 잘 왔습니다. 이제 마지막 관문입니다. 한 명씩 건너십시오."

우리 반 아이들은 서로 몸을 뒤로 빼며 주저했다. 자칫 발을 잘 못 디뎌 떨어지기라도 한다면, 여자친구 한 번 사귀어 보지 못하고 저세상으로 갈 것이다. 아이들은 너도 나도 할 것 없이 못 하겠다고 소리쳤다.

"이 다리를 건넌 사람은 수만 명이지만, 아직까지 떨어진 사람은 한 명도 없습니다. 자, 얼른얼른 건너십시오."

아무도 맨 앞줄에 서지 않았다. 그런데 갑자기 주효림이 번쩍 손을 들었다.

"이 반은 여학생이 먼저 합니까?"

교관이 물었다. 남자 아이들은 여전히 땅만 쳐다보고 있을 뿐 자원하는 이가 한 명도 없었다. 효림이가 다리 앞으로 저벅저벅 걸어 나갔다.

"바늘, 진짜 겁도 없다."

남자아이들이 효림이를 보고 말했다. 효림이는 교관의 지시에 따라 다리를 건너기 시작했다. 뒤에서 지켜보는 내 가슴이 더 뛰었다. 효림이는 차근차근 밧줄을 잡고 나무다리를 밟아 나갔다.

효림이가 무사히 건너편으로 옮겨 갔다.

"자, 다음."

이번에는 이영재가 손을 들고 나갔다. 이영재 역시 무사히 건너편으로 옮겨 갔다.

그다음으로 계속 남자아이들이 자진하여 다리를 건넜다. 남은 우리 반 남자아이들은 다섯 명도 채 남지 않았다. 그중에 나와 우진이가 있었다. 석준이는 열 번째 정도로 다리를 건넜다.

"야, 우리도 가자."

난 우진이의 등을 쳤다. 그런데 갑자기 우진이가 울음을 터트렸다.

"못, 못 해."

우진이가 뒷걸음질을 쳤다.

"전 못 해요. 못 하겠다고요. 엉엉."

우진이가 바닥에 주저앉았다. 우진이는 눈물 콧물까지 흘리며 못 하겠다고 소리쳤다. 교관이 엄살 부리지 말라고 소리쳤지만, 우진이는 울음을 그치질 않았다. 그러기는커녕 더 큰 소리로 울기 시작했다. 며칠 전 마트에서 본, 장난감을 사 주지 않는다고 떼를 쓰는 유치원생이 떠올랐다.

우진이가 못 하겠다고 떼를 쓰다시피 하자 우리를 데려온 교관은 난감한 표정을 지으며 우진이를 달랬다. 하지만 우진이는 계속 못 하겠다고 고개를 저었다. 우진이의 울음소리에 다른 반 아이들 몇 명이 다가와 구경을 했다. 우진이의 우는 모습을 보자 더 무서워지는 게 아니라 이상하게 긴장감이 사라졌다. 우진이 꼴이 꽤 우스웠다.

결국 우진이는 혼자 다시 왔던 길로 내려가기로 했다. 산행을 따라온 7반 담임선생님이 우진이를 데리고 내려갔다.

우진이 덕분에 긴장감이 많이 사라졌다. 난 다리 앞에 섰다. 그리고 다리 위의 밧줄을 양손으로 잡고 천천히 발걸음을 옮겼다. 최대한 아래는 보지 말자. 난 일부러 시선을 살짝 위로 올렸다. 그리고 한발, 한발 줄을 잡고 앞으로 걸어갔다. 저 앞에 우리 반 아이들이 나를 기다리고 있었다.

어엇!

오른발이 살짝 나무 위에서 미끄러졌다. 난 얼른 중심을 잡았다. 그리고 다시 줄을 잡고 다리를 건넜다.

무사히 다리 끝까지 건넜다. 이마에 흐르는 땀을 닦은 후에야 안도의 한숨을 내쉬었다. 남자아이들 몇 명이 나를 기다리고 있다가 하이파이브를 해 주었다. 내 뒤에 있던 나머지 아이들도 무사히 다리를 건넜다. 결국 우진이를 제외한 아이들 모두 다리를 건넜다.

다리 건너기를 마치니, 산에서 내려가는 일만 남았다. 교관은 이제 조심해서 내려가기만 하면 된다고 말했다.

산을 내려가고 있는데, 내 옆에서 걷고 있던 석준이가 보이지 않았다. 어느새 뒤처졌나? 고개를 돌려 석준이 모습을 찾았다. 이게 무슨 일이래? 석준이 옆에는 어느새 박민지가 있었다. 석준이는 자기 가방 외에 박민지의 가방까지 들고 있었다. 상황이 어떻게 된 건지 파악도 하기 전에, 난 아이들에게 떠밀려 산을 내려와야만 했다.

산행을 마치고 숙소로 돌아왔을 때, 우진이는 언제 울었냐는 듯이 생생한 얼굴로 방 침대에 앉아 있었다. 아이들이 놀리려고 하기 전에, 우진이가 선수를 쳤다.

"이 바보들아. 힘들게 뭐 그런 걸 하냐? 나처럼 망신 한번 당하고 나면 편하잖아."

우진이는 일찍 내려와 방 안에서 쉬었다며 자랑을 했다. 몸은 힘들었지만 우진이가 조금도 부럽지 않았다.

저녁 식사를 한 후 캠프파이어 장소로 갔다. 캠프파이어를 하기 전에 각 반 장기자랑이 진행되었는데, 최고로 인기를 끈 건 준범이가 결성한 밴드부였다. 여자아이들의 반응이 가히 폭발적이었다.

"야, 차라리 준범이라서 다행이야."

시끄러운 음악이 나오고 있는데, 우진이가 내 귀에 대고 소리쳤다.

"뭐가?"

"원래 멋있는 애가 멋있는 행동을 하는 것이 낫다고. 만약 새로운 스타라도 나왔으면 어쩔 뻔했냐? 그럼 경쟁자가 한 명 더 느는 거라고."

우진이의 말을 듣고 보니 맞는 말 같았다. 평범한 아이가 숨겨둔 매력이라도 발산해서 여자아이들에게 시선을 받는다면 그것이 더 끔찍하다. 다행히 이번 장기자랑에서 새로운 매력남은 출현하지 않았다.

"그런데 교수는 어디 갔냐?"

"몰라. 계속 없었어."

장기자랑을 하는 동안 석준이가 보이지 않았다. 각 반별로 모여 장기자랑을 보긴 하지만 다른 프로그램만큼 자리 배치가 엄격하지는 않다.

캠프파이어의 불이 지펴졌고 불을 중심으로 아이들이 둥그렇게 앉았다.

"아씨, 또 저 교관이야."

우진이가 툭툭 쳐 단상 앞에 선 사람을 보니, 산행에서 우리를 지도했던 남자 교관이었다. 우진이는 아까 자신에게 망신을 주었다며 교관을 무섭게 노려보았다.

캠프파이어의 순서는 뻔하다. 종이컵에 든 촛불이 교관부터 시작해서 한 바퀴를 돌고 나면, 교관은 인생에 대해, 집에 계신 부모님의 고마움에 대해 이야기할 거다. 처음 수련회를 갔던 초등학교 3학년 때는 교관의 말을 듣고 엉엉 울었다. 하지만 이제 그런 이야기에 울 나이가 아니다.

"엄마, 엄마……."

옆에서 흐느끼는 소리가 들려 고개를 돌려 보니, 우진이가 교관의 말을 듣고 울고 있었다. 교관의 이야기라면 한마디도 듣지 않을 것처럼 굴더니. 난 살짝 엉덩이를 들어 우진이에게서 조금 떨어져 앉았다.

졸음이 쏟아져 기지개를 펴면서 주변을 둘러보았다. 한참 떨어진 곳에 석준이가 앉아 있었다. 옆에 있는 사람과 이야기를 하고 있는 것 같은데, 석준이의 덩치가 워낙 커서 옆에 앉은 아이는 잘 보이지 않았다.

캠프파이어가 끝난 후, 샤워를 하고 방으로 돌아왔다. 발이 아직도 따끔거린다. 샤워할 때 물집 터진 곳에 물이 들어가면서 엄청 따가웠다. 산행 때문에 발에 물집이 많이 생겼다.

점호 시간이 되었는데도 석준이가 들어오지 않고 있다. 석준이에게 전화를 걸었지만 통화 신호음만 들릴 뿐 석준이는 전화를 받지 않았다. 도대체 어디에 간 걸까?

담임선생님이 점호를 하기 위해 방으로 들어왔다.

"왜 여섯 명이야? 한 명 어디 갔어?"

씻으러 갔다가 아직 오지 않았다고 말하려는데, 담임선생님이 먼저 샤워실 빈 것 다 확인했다는 말을 했다.

"도대체 누구야?"

"박석준인데 아직 안 들어왔어요."

"안 들어왔어? 전화는 해 봤고?"

석준이가 전화를 받지 않는다고 대답했다. 선생님은 이상하다고 말한 후, 석준이가 돌아오면 선생님 방으로 오라고 전했다.

"야, 박석준한테 무슨 일 생긴 거 아니야?"

"설마. 다시 전화해 볼게."

이번에도 석준이는 전화를 받지 않았다. 도대체 어떻게 된 걸까. 내심 걱정스러웠다. 그런데 같은 방을 쓰는 연호가 핸드폰을 만지작거리며 말했다.

"혜진이가 그러는데, 박민지도 아직 안 들어왔대."

연호의 여자친구인 혜진이와 민지가 같은 방을 쓰는데, 민지도 돌아오지 않아 담임선생님이 걱정을 하며 나갔다는 것이다.

"그럼 혹시?"

우진이가 침대에서 고개를 빼어 나를 보며 말했다. 우진이와 이 미스터리에 대해 이야기를 하려는 참에, 방 문이 열리며 석준이가 들어왔다.

"야, 너 어디 갔다 온 거야?"

우진이가 석준이를 향해 달려갔다. 나도 2층 침대에서 내려가 석준이 쪽으로 갔다. 석준이의 얼굴이 빨갛게 상기되어 있었다.

"담임 화났어. 너 오면 당장 자기 방으로 오래."

"그래? 알았어."

석준이가 다시 문을 열고 나가려는데 우진이가 석준이를 붙잡았다.

"너 어디 있었던 거야? 설마 박이랑 있었어?"

난 다른 아이들이 들을까 봐 목소리를 낮춰 물었다. 석준이가 배시시 웃었다.

"뭐야, 너?"

석준이가 다시 한 번 웃으며 대답했다.

"나, 박민지랑 사귀기로 했어."

2부

능력자와 루저

1

살다 보면 예상치 못한 일이 생길 때가 종종 있다. 월드컵에서
우리나라 축구대표 팀은 약체라고 생각했던 상대에게 대패했고,
사람 좋기로 유명한 아빠 친구인 준영이 아저씨는 아빠의 비상금
을 떼먹고 도망을 갔고, 지민 누나는 과외 학생이었던 이한 형이
랑 사귄다. 그리고 석준이는 우리 중에 가장 먼저 여자친구를 만
들었다.

여자친구를 사귀는 일이 아크릴판으로 필통을 만들거나 어려
운 수학 문제를 푸는 일이었다면, 모범생인 석준이가 가장 먼저
성공했다 해도 전혀 이상할 게 없다. 하지만 여자친구는 필통도,
수학 문제도 아니다. 게다가 석준이의 여자친구가 누군가? 백치미
철철 넘치는 '박민지'다.

"야, 이건 말도 안 돼. 침, 넌 이 사실이 믿기냐?"

나는 고개를 가로저었다. 우진이는 수련회 장소에서도 내내 거짓말하지 말라며 석준이의 말을 믿으려 하지 않았다. 집에 돌아온 후에도 나와 메신저로 채팅을 하며 사실이 아닐 거라고 주장했다. 하지만 월요일에 학교에 와 보니, 교실 전체에 이미 그 소문이 쫙 퍼져 있었다. 많은 아이들이 우리만큼이나 충격을 받았다. 믿을 수 없다는 반응이었다. 처음 이야기를 들은 아이들은 말도 안 되는 소문이라고 웃어넘겼다. 하지만 소문이 사실로 밝혀지자 모두가 번개를 직격으로 맞은 듯한 반응을 보였다.

나 역시 처음엔 석준이의 말을 믿을 수 없었다. 하지만 아무리 부인해 보려 해 봐야 눈에 보이는 현실을 피할 수는 없었다. 눈앞에서 믿을 수 없는 일이 벌어진 것이다. 방금 석준이가 박민지와 함께 매점에 갔다.

아침에 석준이가 교실에 도착하자마자 박민지가 우리 쪽으로 다가오더니 석준이에게 말했다.

"초코우유 먹고 싶어."

그러자 석준이는 곧바로 일어나 박민지와 함께 교실을 나갔다. 우진이와 나는 닭 쫓던 개처럼 석준이가 나간 교실 뒷문을 멍하니 쳐다보았다.

"침. 뭐냐, 이 더러운 기분은?"

"그러게."

"교수가 박민지한테 연애하는 척해 달라며 돈을 준 것은 아닐까?"

"박민지가 돈이 필요할 이유가 뭐가 있냐? 그리고 교수가 줘 봤자 얼마나 줬겠어?"

난 우진이에게 아무래도 드라마를 너무 많이 본 것 같다는 말을 했다.

"아니면 박민지가 교수를 동정해서 사귀는 건가?"

"말이 되는 소리를 해. 석준이가 동정받을 이유가 뭐가 있어?"

"그건 그렇지."

우진이는 계속해서 추리를 늘어놓기 시작했는데, 너무 말이 안 되는 이야기라 거기에 대꾸하는 내가 한심해질 정도였다.

우진이와 대화 같지도 않은 대화를 하고 있는데 매점에 갔던 석준이가 돌아왔다. 석준이는 우리에게 초코우유를 하나씩 내밀었다.

"이게 뭐야?"

"너희 것도 사 왔어."

"됐어! 이러지 마!"

우진이가 초코우유를 보며 울부짖었다.

"너한테 동정 따위 받고 싶지 않아. 가진 자가 베푸는 동정 따위 싫다고!"

우진이가 석준이의 목을 팔로 움켜잡아 헤드록을 걸었다. 하지만 석준이는 실실 웃기만 했다. 난 잘 먹겠다는 말을 하고 초코우유를 집어 들었다. 결국 우진이도 석준이의 목에서 팔을 풀고 우유를 먹기 시작했다.

"그런데 어떻게 된 거야? 언제 그렇게 박민지랑 친해졌어?"

"독서신문 만들기 과제하면서 조금 친해졌고, 산행 갔을 때 민지가 힘들어하는 것 같아서 내가 가방 들어줬거든."

그건 나도 봤다. 이상하다고 생각했지만 별일 아닐 거라며 넘겼다. 하지만 '별일'이 생겨 버렸다.

석준이의 말을 요약하자면, 장기자랑과 캠프파이어를 할 때 석준이 옆에 박민지가 있었고, 둘은 꽤 많은 이야기를 나누었다. 민지가 석준이에게 산행 갔을 때 가방을 들어줘서 고맙다는 말을 했다. 민지는 석준이에게 "너 생각보다 꽤 괜찮은 아이 같아."라는 말도 덧붙였다. 그 말에 힘을 얻은 석준이가 민지에게 좋아한다고 고백을 한 것이다. 그 자리에서 이야기를 더 나눈 두 사람은 사귀기로 했다는 것이다. 누구는 여자친구를 만들고 있을 때, 나는 겨우 발에 생긴 물집 개수나 세고 있었다. 여자애들 앞에서 생떼를 쓰며 운 우진이보다는 그나마 내가 낫다는 게 위안이라면 위안이랄까.

"민지랑 얘기도 잘 통하고, 무엇보다 내가 이야기할 때마다 웃어 줘."

석준이는 부끄러워하면서도 할 말을 다 했다. 석준이가 도내 과학경시대회에 나가 1등을 하고 전교생 앞에서 상을 받았을 때도, 컴퓨터 경진대회 상금으로 50만 원을 받았을 때도 이렇게 부럽지는 않았다. 갑자기 석준이가 내 친구란 게 믿기지 않을 정도로 대단해 보였다. 뭔가 내가 모르는, 예쁜 여자애가 좋아할 만한 구석이 이 녀석에게 있나 싶기도 하고. 석준이는 세상을 다 가진 듯한 얼굴을 하고 있다.

"그렇게 좋냐?"

"어? 어."

석준이는 계속 웃기만 했다.

"민지는 내가 재밌대."

"What?"

나와 우진이는 너무 놀라 석준이를 쳐다보았다. 말도 안 돼. 덩치만 크고 책밖에 모르는 이 눈치 제로 인간이 재밌다니 도대체 여자애들 마음은 알다가도 모르겠다. 아니다. 그렇다고 모든 여자들이 석준이를 좋아하는 건 아니지. 박민지 걔가 뭔가 취향이 특별한가.

"너희도 희망을 가져."

석준이가 나와 우진이를 바라보며 말했다. 우진이는 기분 나쁘다며 우유곽을 손에 든 채 교실 바깥으로 뛰쳐나갔다. 하지만 이내 들어와 "야, 담임 온다!"라고 소리치며 다시 자리에 앉았다.

조회를 하러 들어온 담임선생님도 가장 먼저 석준이와 민지의 이야기부터 꺼냈다.

"우리 반 또 커플 탄생했다며? 이 선생님은 시집도 못 가고 있는데 너희들은 어쩜 그렇게 연애를 잘하냐?"

선생님이 석준이와 민지를 번갈아 보며 말하자, 석준이는 쑥스러운 듯 계속 웃기만 했다. 바보가 아닐까 의심될 정도로 석준이 녀석은 아침부터 입을 다물 줄 몰랐다.

"하여튼 너희들 사이좋게 잘 지내. 서로에게 좋은 영향을 주는 이성친구가 되라고."

선생님은 이성친구의 의미에 대해 설명했다. 이성친구와는 동성친구와 함께할 수 없는 것을 함께할 수 있다고 말했다. 2분단 끝에서 수창이가 "뽀뽀요?" 하고 묻자 선생님은 수창이를 노려보았다.

"동성친구는 여러 명과 친하게 지낼 수 있지만, 이성친구는 딱 한 명만 사귈 수 있잖아. 남자아이들은 여자친구를 사귀면서 여자들이 얼마나 섬세한지 알 수 있을 거고, 여자아이들은 남자친구를 사귀면서 남자의 단순함을 배울 수 있을 거야."

선생님의 말이 끝나기 무섭게, 남자아이들이 우리는 단순하지 않다고 소리쳤다. 그러자 선생님은 "단순한 게 꼭 나쁜 것만은 아냐. 여자들은 보통 한 가지를 깊게 생각하는데 때로는 그냥 남자들처럼 보이는 그대로 쉽게 받아들일 필요도 있거든. 그러니까 서로 사귀면서 서로를 알아 가고 차이를 이해하는 마음을 배울 수 있다는 거지." 하고 말했다.

그래서일까? 생각해 보면 엄마와 누나들은 별일도 아닌 일을 가지고 곱씹고 또 곱씹으며 이야기를 했다. 소도 아닌데 계속 되새김질했다. 한 가지 일을 두고 이런 게 아닐까, 저런 게 아닐까, 하며 자기 마음대로 여러 가지로 의미를 두었다. 내가 도대체 뭐가 그렇게 복잡하냐고 물어보면, "참 좋겠다. 너한테는 세상이 그렇게 단순하니 얼마나 살기 편해."라며 면박을 주었다.

"연애는 거울을 보는 것과 비슷해. 이성친구를 사귀면서 내 모습이 어떤지 확인할 수 있거든."

선생님은 아리송한 말을 남기고 교실을 나갔다. 거울을 보는 일이라고? 그게 무슨 뜻이지? 도대체 연애가 뭐라고 자기 모습을 들여다 볼 수 있는 거지? 석준이는 선생님의 말을 알아들었을까? 고개를 돌려 석준이를 쳐다보았다. 석준이는 곰곰이 생각하는 듯한 표정이었다. 언젠간 나도 선생님의 말뜻을 이해할 날이 왔으면 좋겠다.

컴퓨터 게임을 하고 있는데 메시지 알림 소리가 났다. 책상 위로 손을 뻗어 핸드폰 화면을 보았다. 석준이었다.

> 침, 뭐 하냐? 집이냐?

> ㅇㅇ. 넌?

> 지금 나올 수 있냐?

> 너 지금 학원에 있을 시간 아니야?

> 오늘 쨌음 -_-;

석준이가 학원을 빠지다니 있을 수 없는 일이다. 우진이야 학원 땡땡이치는 게 별일이라고 볼 수는 없지만, 석준이는 지금까지 단 한 번도 학원을 빠진 적이 없다. 무슨 일이냐고 물었더니 석준이는 대답 대신, 우리 집 근처로 오겠다고 했다.

엄마에게 석준이를 만난다고 말한 후 집에서 나왔다. 그냥 친구를 만나러 나간다고 하면 저녁 먹을 시간에 어딜 가냐고 핀잔을 들었을 텐데 석준이를 만난다니 엄마는 별다른 말을 하지 않았다.

석준이는 먼저 롯데리아에 도착해 있었다. 석준이 앞에 놓인 쟁반은 빈 종이뿐이었다. 햄버거도, 감자튀김도 그 먹보가 이미 다 먹어치운 것이다.

"야, 너 뭐 먹을래?"

"불고기 세트."

석준이는 벌떡 일어나 계산대로 갔다. 그러더니 불고기 세트 두 개를 사 왔다.

"너, 또 먹게?"

석준이는 대답을 하지 않고 햄버거 포장지를 벗겼다. 그리고 우걱우걱 햄버거를 먹어치웠다. 얘가 왜 이러지? 설마 벌써 박민지에게 차였나? 사귄 지 일주일도 안 되었지 않나? 난 햄버거를 먹으며 석준이의 눈치를 살폈다.

햄버거를 다 먹은 석준이는 콜라를 벌컥벌컥 마셨다. 석준이는 꼭 화난 고릴라 같았다.

"야, 왜 그래?"

"아, 짜증나."

석준이가 주먹으로 탁자를 쾅 소리가 나게 쳤다. 이 녀석, 이렇게 화난 모습은 처음 본다. 지난번 수학경시대회에 나가 답안지를 밀려 써서 수상을 하지 못했을 때도 이 정도로 화를 내지 않았다.

"무슨 일인데?"

석준이가 또다시 벌떡 일어났다. 석준이는 빈 잔을 들고 카운터로 가서 콜라를 다시 채워 왔다.

콜라를 한 모금에 다 마신 석준이는 계속 씩씩댔다. 아무래도 박민지에게 차인 게 분명하다. 이 정도로 화를 내는 걸 봐선, 아주 뻥 차였나 보다. 난 머릿속으로 내기 품목으로 걸어 둔 운동화를 어떻게 할까 생각했다. 차이긴 금방 차였지만 어쨌거나 사귀긴 했으니까 운동화를 사 줘야 하는 걸까?

"아, 우리 엄마 때문에 미치겠네."

석준이의 입에서 나온 사람은 '박민지'가 아닌 '엄마'였다.

"엄마가 왜?"

"정말 엄마들은 왜 그러냐?"

"뭐가? 앞 뒤 자르지 말고 제대로 말해 봐."

한참 씩씩대던 석준이가 심호흡을 몇 번 반복했다. 조금 안정을 취했는지 이야기를 시작했다.

"아, 몰라. 우리 엄마가 민지 성적 안 좋은 거 어디서 들었나 봐. 그래서 자꾸 나한테 뭐라고 해. 나한테 실망했네, 어쩌네, 하면서 화를 내더라고. 그래서 내가 자꾸 그러면 진짜 공부 안 할 거라고 하니까 더는 뭐라고 안 하더라. 열 받아서 오늘 학원 안 갔어."

안 봐도 비디오였다. 학부모회에서 아줌마들이 "전교 1등하는 잘난 아들이 공부 못하는 애 만나서 어떻게 해? 성적 떨어지는 거 순식간이겠어, 석준 엄마."라고 말했을 것이다. 그 말을 들은 석준이 엄마는 석준이에게 화를 냈을 것이다. 엄마도 내가 석준이랑 민지가 사귄다는 말을 했을 때, "걔네 엄마 속상하겠다."라는 말을 했다. 난 엄마한테 조금 실망했다. 소도 아닌 사람을 어떻게 등급으로 나누어 평가하는지 모르겠다.

"학교 가도 짜증나고, 집에 가도 짜증나고. 아, 짜증나 죽겠네."

석준이가 고개를 뒤로 젖히며 소리쳤다. 한 주 내내, 우리 반에서는 석준이와 민지 커플이 화제였다. 석준이와 민지 커플은 다른 어느 커플보다 더 큰 흥미를 불러일으켰다. 전혀 어울리지 않는 커플이기 때문이다. 아이들은 이 커플을 두고 미녀와 야수 커플, 전교 1등과 꼴찌 커플, 반전 커플이라고 불렀다. 박석준과 박민지가 사귀는 일은 어떤 영화의 반전보다 더 놀라웠기 때문이다. 소문을 들은 선생님들도 수업 시간에 들어와 석준이와 민지에게 사실이냐고 물었다. 석준이는 수학 선생님이 박민지에게 "남자친구한테 공부 열심히 배워라."라는 농담을 해서 자기 여자친구를 창피하게 만들었다며 선생님 욕을 했다. 석준이가 선생님 욕을 한건 처음 있는 일이었다.

씩씩거리며 화를 내던 석준이가 갑자기 실실 웃기 시작했다. 너무 화가 나서 정신이 나갔나 보다.

"야, 너 왜 그래? 미쳤어?"

"그래도 민지네 부모님은 나랑 사귄다고 좋아하신대."

석준이가 씨익 웃으면서 말했다.

"좋겠다, 이 자식아."

난 석준이를 보며 반은 비꼬면서, 또 반은 진심으로 말했다.

"아씨, 큰일이네."

석준이가 빈 햄버거 포장지를 보며 말했다.

"왜 또?"

"나 미쳤나 봐. 햄버거 세트를 두 개나 먹었어."

석준이가 두 손으로 머리를 움켜잡았다.

"왜 그래? 다이어트 하는 사람처럼."

난 석준이에게 농담을 했다.

"나 다이어트 시작했어."

"뭐?"

석준이의 대답에 마시던 콜라를 내뱉을 뻔했다. 정말이냐고 다시 물으니, 석준이는 고개를 끄덕였다.

"도대체 왜?"

석준이가 세상에서 가장 좋아하는 게 바로 책과 음식이다. 석준이는 아무것이나 잘 먹고 많이 먹었다. 석준이가 공부를 잘하는 비결을 튼튼한 체력으로 꼽는 아이들도 있었다.

"민지가 살 좀 뺐으면 좋겠다고 해서."

석준이는 오늘부터 다이어트를 시작했다며, 여름방학 전까지 반드시 5킬로그램을 뺄 거라고 했다.

"너, 민지가 하라고 하면 다 하는 거야?"

난 너무 어이가 없어 물었다. 석준이는 꼭 그것 때문은 아니라고 얼버무렸다.

"여름방학 때 민지랑 같이 수영 배우려고. 그런데 지금은 뱃살 때문에 좀 그래."

석준이가 자기 배를 만지면서 말했다. 석준이가 다이어트를 하는 것보다, 민지와 함께 수영장을 가기로 했다는 사실이 더 놀라웠다. 여자친구와 함께 수영까지 배운다니, 석준이는 여름방학이 무척 기다려지겠지.

"야, 그럼 그 감자튀김 나 먹어도 되냐?"

난 석준이의 쟁반 위에 남은 감자튀김을 가리켰다. 석준이는 다 먹으라며 쟁반을 내 앞쪽으로 밀어 주었다. 난 석준이의 감자튀김을 집어 먹었다. 감자튀김은 식어서 차가웠지만 여전히 맛있었다.

내 앞에 앉은 석준이가 핸드폰을 들여다보며 헤헤, 하고 웃었다.

"뭔데 그러냐?"

"민지야. 나보고 다이어트 꼭 성공하래. 나라면 잘할 수 있을 거래."

순간 석준이의 입이 귀에까지 걸렸다. 나는 입으로 향하던 감자튀김을 쟁반에 집어던졌다. 속이 울렁거려 더 이상 먹을 수가 없었다.

2

　우진이의 이번 상대는 윤지인가 보다. 석준이에게 여자친구가 생긴 후, 우진이는 더 적극적으로 여자아이들에게 접근하고 있다. 3일에 한 번씩 우진이는 여자친구가 될 대상을 바꾸었다. 어제까지는 세미였다. 우진이는 여자애 한 명을 정하여 친절하게 대하면서 따라다니는 전략을 택했다. 하지만 반응이 없으면 곧바로 대상을 바꾸었다. 우리가 한 명에게 꾸준히 진심을 다해 잘하라고 했지만 우진이는 자기 전략이 더 낫다고 주장했다. 열 번 찍어 안 넘어가는 나무 없다는 말은 스토커의 변명일 뿐이라며, 상대가 반응이 없으면 곧바로 작업을 종료하는 게 서로를 위해 좋다고 했다.

　"쟤 정말 왜 그러냐?"

　"그러게. 민지가 그러는데 하도 여러 명한테 집적거려서 여자애들이 싫어한대."

석준이와 나는 윤지 근처에 서서 개그맨 흉내를 내고 있는 우진 이를 쳐다보았다. 윤지가 웃기는 했지만 딱 거기까지였다.

"아무래도 윤지가 나한테 호감이 있는 것 같아. 너희들, 윤지 웃는 것 봤지? 정말 재밌어 하더라고."

우진이가 자리로 돌아오면서 신이 나는지 어깨를 들썩이며 말했다.

"교수, 두고 봐라. 나도 어떻게든 여친 만들어서 여친이랑 놀러 다닐 거야."

우진이는 매우 의기양양했다. 여러 명의 여자한테 마구 들이대는 우진이가 한심해 보이기는 하지만 한편으로 부럽다. 나도 자연스럽게 여자애들에게 가서 말을 걸고 좀 더 친해지고 싶다. 하지만 쉽지 않다.

"교수, 그나저나 너 운동화 언제 사러 갈래?"

운동화 이야기를 꺼내자 석준이는 됐다고 손사래를 쳤다. 사실 예쁜 여자친구가 생긴 석준이가 운동화까지 갖는 건 불공평하다. 난 은근슬쩍 넘어가려고 했지만 갑자기 우진이가 절대 안 된다고 했다.

"됐어, 내기는 내기잖아. 사 줄 거야. 너 언제 시간돼? 토요일 괜찮지?"

우진이가 씩씩대며 제멋대로 백화점에 갈 날짜를 잡았다. 분명히 아까 나와 둘이 있을 때는 "꼭 사 줘야 하나?"하더니 지금은 태도가 180도 변해서 자기가 먼저 설레발이다.

"괜찮다니까. 안 사 줘도 돼. 운동화 비싸잖아."

"됐어. 우리 돈 있어. 걱정하지 마. 그렇지?"

우진이가 나를 쳐다보며 대답을 강요했다. 난 우진이의 말에 엉겁결에 고개를 끄덕였다. 사실은 석준이에게 운동화를 사 줄 돈이 한참 모자라다. 그래서 내심 석준이가 끝까지 사양해 주길 바랐지만 그런 속내를 비치지는 않았다. 이 상황에서 돈이 없다고 말하면 나만 우스운 꼴 되니까.

이영재가 우리 쪽으로 오더니 담임이 석준이를 부른다고 말했다. 석준이가 교실을 나가자 나는 우진이에게 도대체 왜 그랬냐고 물었다.

"몰라, 나도. 교수가 왠지 우리를 동정하는 것 같잖아."

난 괜한 자격지심이라고 말했지만 우진이는 내 말은 들은 척도 안 하고 책상 위로 엎드렸다.

"교수는 우리가 사 준 운동화를 신고 민지를 만나고 다니겠지? 그렇지?"

우진이의 목소리가 구슬프게 들렸다.

"까브리, 근데 너 돈 있어?"

"설날에 세뱃돈 받은 거 아직 남았어."

"야, 난 없단 말이야."

"어떻게든 구해 와."

우진이가 매섭게 나를 노려보았다. 어깨가 축 처진 우진이를 보니 혹시 민지를 좋아한 게 아닐까 의심이 되었다.

"너, 설마 박 좋아했냐?"

"아니."

우진이의 말투로 봐서는 민지를 좋아해서 그렇게 심란해하는 것은 아닌 것 같았다. 우진이가 이토록 자존심이 강한 녀석이었나?

"나, 요즘 밤마다 기도한다."

"무슨 기도?"

"저 반전 커플 헤어지게 해 달라고."

"야, 넌 무슨."

내 입에서는 친구끼리 어떻게 그럴 수 있냐, 라는 말이 나오지 않았다. 기도까지 하지는 않았지만 석준이가 여자친구 자랑을 할 때면 나 역시 배알이 꼴렸다.

"나도 어떻게든 여자친구 사귈 거야. 두고 봐."

우진이가 이를 악물고 말을 했다. 우진이는 정신 나간 사람처럼 계속 '여자친구, 여자친구'를 읊조리고 있었다.

"야, 너 괜찮아?"

우진이의 등을 툭툭 치며 물었다. 하지만 우진이는 나를 쳐다보지 않았다.

"부러우면 지는 거야."

우진이는 혼자 말하고, 또 혼자 대답했다.

"그래도 부러워."

나는 살짝 정신이 나간 것 같은 우진이를 가만히 바라보았다. 하지만 나 역시 마찬가지란 생각이 들어 고개를 돌렸다.

수업이 모두 끝나고 청소 구역인 운동장으로 나가려는데 갑자기 교탁 앞으로 이영재가 나왔다.

"오늘부터 청소 구역 변경됐어. 우리 반이 체육관 청소 맡았거든. 오늘부터 남자애들은 운동장 말고 체육관으로 가면 돼."

실내화를 운동화로 갈아 신은 후 체육관으로 갔다. 우리 반뿐만 아니라 3반 남자아이들도 와 있었다. 그런데 체육관 안에는 매트와 의자가 셀 수 없을 만큼 많이 놓여 있었다.

"이거 체육관 바깥으로 날라. 다음 주부터 체육관 공사 들어가니까 이번 주 안으로 다 날라야 해."

체육 선생님은 우리를 데리고 체육관 내에 있는 체육 시설물 보관소로 갔다. 거기에도 비품들이 잔뜩 있었다. 우리가 늑장을 부리자 선생님이 막대기를 휘두르며 얼른 시작하라고 호통을 쳤다.

"야, 이걸 우리가 다 어떻게 해?"

"언제 다 하고 집에 가냐?"

우리는 불만을 토로하며 비품을 나르기 시작했다. 과연 이번 주
내인 4일 동안 다 끝낼 수 있을지 의심스러울 정도로 양이 많았다.

혼자서는 역기를 들 수 없어, 두세 명의 남자애들이 역기 하나
에 달라붙었다. 창고에서는 먼지가 폴폴 났다. 기침이 나왔지만 역
기를 내려놓을 수는 없었다.

청소 시간인 이십 분 내내 물품을 날랐지만 표도 나지 않았다.
체육관에는 아직 많은 운동기구가 남아 있었다. 체육 선생님은 내
일 청소 시간이 시작되자마자 오라는 말을 남기고서야 우리를 보
내 주었다.

교실로 돌아오는 내내 남자아이들의 불만이 끊이지 않았다. 나
도 무거운 걸 날랐더니 팔에 힘이 하나도 없었다.

교실 문을 열고 들어가니 담임선생님이 종례를 하기 위해 우리
를 기다리고 있었다.

"남자아이들이 힘들겠지만 이번 학기 동안 고생 좀 해 줘."

선생님은 이번 주가 아니라 '이번 학기'라고 말했다. 안 그래도
궁금하던 차에 우진이가 손을 들고 물었다.

"설마 이번 학기 내내 체육관 청소를 해야 하는 거예요?"

"체육관 공사 끝나면 다시 물품을 체육관으로 옮겨야 하니까."

선생님의 말이 끝나자마자 남자아이들이 말도 안 된다고 소리를 질렀다.

"그럼 어떡하니? 3반이랑 우리 반이 담당하게 되었는데. 고생 좀 해."

선생님은 청소가 끝나면 피자를 사 주겠다며 우리를 달랬다. 하지만 우리는 그것으로는 부족하다고 아우성을 쳤다.

"야, 진짜 너무하지 않냐? 왜 우리만 힘든 일을 해야 하냐고."

집에 가면서 우진이가 계속 불만을 제기했다. 석준이는 여자애들이 우리보다 힘이 약하니까 어쩔 수 없지 않냐고 했지만 우진이는 자기가 여자애들보다 몸이 더 약하다고 반박했다. 우진이의 몸을 위아래로 훑어보았다. 틀린 말은 아니었다.

"맞아. 네가 약하긴 하지."

"내가 뭘? 내가 얼마나 힘이 센데?"

갑자기 우진이의 태도가 돌변했다. 이랬다가 저랬다가 도대체 어느 장단에 맞춰야 하는지.

결국 체육관 청소를 하다가 문제가 생겼다. 체육관 청소를 하루하루 계속할수록 남자아이들의 불만은 더 커져 갔다. 이걸 바깥으로 다 나른다고 하더라도 2주 뒤에 또다시 안으로 들여올 생각을 하니 끔찍했다. 아이들은 서로 등에 붙인 파스 개수를 자랑할 정도였다.

그러던 지난주 금요일, 체육관 청소가 조금 늦게 끝났다. 금요일까지 다 끝내기 위해 체육 선생님은 십 분 정도 일을 더 시켰다. 4시가 다 되어 교실로 돌아갔는데 여자애들이 우리에게 왜 이렇게 늦었냐고 한 소리씩 했다. 우리는 힘들게 일을 하고 왔는데 편하게 교실 청소를 하고 앉아 있으면서 늦었다는 둥 잔소리를 하는 여자애들을 보니 어찌나 화가 나던지……

누군가 여자애들한테 "그럼 너희가 체육관 청소 해 봐!"라고 말했다. 그러자 대부분의 남자아이들은 "그래, 너희들도 해 봐."라고 말했다. 물론 나도 동참했다. 하지만 담임선생님이 말도 안 되는 소리하지 말라며 남자애들에게 자리에 앉으라고 했다.

그렇게 일단락되는 것 같았지만 체육관 청소를 두고 남자아이들과 여자아이들이 편을 갈라 다투기 시작했다. 우진이를 비롯한 남자아이들은 더 이상 체육관 청소를 하지 못하겠다고 했고 여자애들은 그럼 어쩌라는 거냐고 따졌다. 남자아이들이 물품을 체육관 바깥으로 날랐으니, 다시 들여오는 건 여자아이들이 하는 게 옳다고 주장했다. 담임선생님은 우리의 말을 일축했지만 남자아이들은 계속 2주 뒤에 물품을 나르지 않겠다고 버텼다.

"두고 봐라. 우리가 체육관 가나, 안 가나. 우리 반이 하는 거면, 꼭 남자애들이 다 할 필요는 없는 거 아냐?"

"그래. 그리고 여자애들이 우리보다 힘 더 세다고. 쟤네가 어딜 봐서 약하다는 거냐? 내 팔뚝보다 쟤네 팔뚝이 더 굵다고."

남자아이들은 남녀를 불평등하게 대하는 건 인권교육에 어긋난다는 둥의 말을 했다. 주로 분위기를 이끌어 가는 건 민석이와 우진이였다. 반장인 영재가 그러지 말라고 했지만 아이들은 말을 듣지 않았다. 민석이와 우진이는 남자아이들을 한 명씩 붙잡고 체육관 청소를 거부하자고 선동했다.

"야, 너도 동의하는 거지? 다음에 절대 체육관 청소하러 가면 안 돼!"

민석이가 내게 대답을 강요했다. 난 사실 체육관 물품을 다시 날라도 상관없었다. 공사 기간 동안 우리는 청소 시간에 청소를 하지 않고 놀 수 있고 2주 뒤에 일주일 동안만 고생하면 된다.

"야, 너 뭐야? 왜 대답 안 해?"

"근데 꼭 그렇게 해야 해?"

내가 얼버무리자 우진이가 내게 화를 냈다.

"침, 정말 왜 그래? 여자애들한테 잘 보이려고 그러는 거냐? 너도 배신할 거야?"

체육관 청소 거부 의견에 중립 입장을 지키는 사람은 석준이와 연호, 영재 세 명이었다. 영재는 반장이라 남자아이들의 편을 쉽게 들지 못했고 석준이와 연호는 여자친구를 사귀는 아이들이었다.

"알았어."

난 마지못해 그러겠다고 했다. 민석이와 우진이가 남자아이들에게 의견을 묻고 다니자 여자아이들이 남자아이들을 노려보았다. 교실 안 분위기가 남북 관계처럼 냉랭했다.

민석이와 우진이가 돌아다니며 남자아이들의 의견을 모으고 있는데, 수업 종이 울렸다. 이번 시간은 영어 수업으로 담임선생님 시간이다. 그런데 교실에 들어온 담임선생님의 표정이 별로 좋지 않았다.

"남자애들, 너희 뭐 하고 다니는 거야?"

선생님은 주저하지 않고 남자아이들 쪽을 보며 버럭 소리를 질렀다. 우리가 아무 말도 하지 않고 가만히 있자 선생님이 체육관 청소에 관한 일을 물었다. 누군가 선생님에게 이른 모양이었다. 남자아이들이 "도대체 누구야?"라고 선생님께 고자질한 사람을 찾고 있는데 선생님이 진짜 그럴 거냐며 화를 냈다.

"너희들한테 정말 실망이야. 남자애들끼리 담합해서 체육관 청소 거부하기로 했다며? 그런 나쁜 건 어디서 배웠어? 응?"

우리는 아무 말도 하지 않고 가만히 있었다. 선생님께 혼나고 있으니 조금 억울하다는 생각이 들었다. 남자아이들의 행동이 조금 치사하긴 했지만 사실 체육관 청소가 힘들긴 힘들었다.

"선생님, 왜 우리한테만 뭐라고 하세요? 체육관 청소가 얼마나 힘든데요. 여자애들은 그것도 모르고 저희가 늦었다면서 화만 내 잖아요."

민석이가 따지듯이 말했다. 그러자 여자애들은 우리가 언제 그랬냐는 태도를 취했다. 조금씩 여자애들이 미워지기 시작했다. 아까 민석이와 우진이가 물었을 때 바로 거부하지 않은 게 후회될 정도였다.

"그래. 그건 여자애들이 잘못했어. 그래도 청소 거부가 뭐니? 너희들, 3월 환경미화 때 교실 꾸민 거 누군지 알지? 그거 여자애들이 다 했어. 여자애들 덕분에 우리 반이 환경미화 심사에서 1등도 했잖아. 그런데 여자애들이 너희한테 환경미화 안 도와준다고 화낸 적 있어? 그리고 여자애들, 왜 남자애들 청소 늦게 끝났다고 툴툴거려? 지난주에 선생님도 다 봤어. 내가 뭐라고 한마디할까 하다가 그냥 뒀는데, 너희들 매번 그랬지? 너희들 왜 그렇게 이기적이야? 치사하게 남녀 편 갈라서 싸우기나 하고. 옆 반이랑 비교하는 거 싫지만 3반은 이 문제로 말썽 전혀 없다고."

선생님의 말이 끝나자 교실 안은 조용했다. 누구도 선생님 말에 이의를 제기하지 못했다.

"오늘은 알아서 자습해. 공부는 해서 뭐 하니? 자기밖에 모르고 불만투성이인 사람이 공부만 잘하면 뭐 해?"

선생님은 그 말을 남기고는 교실 문을 열고 나가 버렸다. 선생님이 단단히 화가 난 듯했다. 잠깐 정적이 감돌았지만 이내 아이들이 웅성거리기 시작했다.

"이제 우리 어떡하냐? 담임 화 엄청 난 거 같은데?"

"아, 몰라. 담임은 도대체 어떻게 안 거야?"

"어차피 우리가 담임한테 따질 예정이었잖아."

남자아이들은 남자아이들끼리 여자아이들은 여자아이들끼리 모여 이야기를 나누고 있는데 갑자기 효림이와 여자애들 몇몇이 남자아이들 쪽으로 다가왔다.

"야, 우리 이제 그만 휴전하자. 너희들한테 툴툴댄 거 미안하게 생각해."

여자아이들의 태도가 상냥하지는 않았지만 조금은 우리에게 미안하다고 생각하는 것 같았다. 남자아이들은 서로를 쳐다보았다. 이 상황에서 우리가 취해야 할 태도는 무엇일까?

"됐어. 우리가 그냥 체육관 청소 계속할게."

민석이는 여자애들 쪽을 똑바로 쳐다보지 않고 고개를 돌린 채로 말을 했다.

"그럼 물품 다시 체육관 안으로 옮길 때 우리도 가서 조금이라도 도울게."

여자애들이 그 말을 남기고 다시 자리로 돌아갔다. 담임선생님에게 혼났을 때보다 더 기분이 좋지 않았다. 나뿐만이 아니라 다른 남자아이들도 마찬가지인 것 같았다. 남자인 내가 무척 못나 보였다. 우리가 원했던 결말은 이게 아니었는데……. 뭔가 망했다는 생각이 들었다.

우리 집 과일 깎기 당번인 아빠가 떠올랐다. 아빠는 다른 집안 일은 안 하면서 유일하게 과일을 깎는 일은 도맡아했다. 친구들에게 우리 집은 과일을 아빠가 깎는다고 말하면 다들 신기하게 생각했다. 언젠가 엄마에게 왜 아빠가 과일을 깎게 되었냐고 물었다.

"내가 밥도 하고, 반찬도 하고, 설거지도 하고. 할 일이 좀 많니? 그리고 네 아빠가 과일을 좀 좋아해야지. 그래서 과일은 너희 아빠한테 깎으라고 시켰어. 너희 아빠만큼 과일을 잘 깎는 남자를 못 봤다고 했지. 과일을 깎을 때마다 칭찬을 하니까, 그 이후로 과일 깎기는 네 아빠 몫이 된 거야."

마치 엄마가 『자라전』에 나오는 토끼 같았다. 아빠는 간을 육지에 두고 왔다는 토끼의 거짓말을 믿는 자라처럼 느껴졌다. 아무것도 모르는 아빠는 과일을 깎을 때마다 한 번도 끊지 않고 깎은 사과 껍질을 들어 보이며 가족들에게 자랑을 했다.

어쩌면 남자들은 평생 토끼에게 속기만 하는, 멍청한 자라로 살아야 하는 운명인지도 모르겠다.

3

운동화는 석준이의 발에 꼭 맞았다. 석준이는 거울에 운동화 신은 발을 이리저리 비추었다.

"이 시리즈가 매장에 딱 두 개 남았어요. 그중에 하나를 손님이 사는 거예요."

점원 형은 이 제품이 한정판이라 한번 팔리고 나면 다시는 입고 되지 않는다는 사실을 강조했다. 우진이와 나는 마치 신데렐라의 언니들이라도 된 것처럼 마냥 부러운 눈으로 석준이의 발을 바라보았다. 내게도 잘 어울렸을 텐데…….

"이거로 할게요."

석준이는 점원 형에게 새로 산 것을 신고 가겠다며, 신고 온 운동화를 쇼핑백에 넣어 달라고 했다. 나와 우진이는 카운터 앞에

서서 돈을 꺼냈다. 아무래도 내기를 잘못한 것 같다. 공부 잘하는 학생에게 장학금을 줄 필요가 있을까? 공부 잘하는 애들은 장학금 같은 것 받지 않아도 잘할 수 있다. 공부 못하는 학생에게 장학금을 주어 잘하도록 격려하는 것이 맞지 않을까? 그렇다면 가장 먼저 여자친구가 생긴 사람이 아닌, 가장 늦게까지 여자친구를 사귀지 못한 사람이 운동화를 받는 게 옳다.

"고맙다. 잘 신을게."

석준이의 인사에 우진이와 나는 대답을 하는 둥 마는 둥했다.

"백화점 온 김에 옷 좀 사러 가도 되냐?"

"그러든지."

에스컬레이터를 타고 3층으로 내려왔다. 석준이는 청바지와 티셔츠를 이것저것 골라 몸에 대 보더니 탈의실로 갈아입으러 들어갔다.

"옷 같은 것에 관심도 없는 교수가 웬일이냐?"

"몰라, 나도."

잠시 후, 석준이가 옷을 갈아입고 나왔다.

"어때?"

우리는 괜찮다고 이야기해 주었다.

"좀 어울려 보여?"

"네가 매일 입는 면바지보다는 나은 거 같아."

"티셔츠는?"

"남방보다 낫네."

"그럼 이걸로 해야겠다."

석준이는 청바지 두 벌이랑 티셔츠를 세 개나 샀다. 석준이가 운동화를 사 줘서 고맙다며 점심으로 피자를 사겠다고 했다. 다행히 석준이는 염치를 모르는 녀석은 아니었다.

피자가게에서 우진이는 석준이에게 물어보지도 않고 가장 비싼 더블리치 피자를, 그것도 가장 큰 사이즈로 주문했다. 피자를 별로 좋아하지도 않으면서 그러는 걸 보면 석준이를 골탕 먹이려는 것 같았다. 그러나 석준이는 별로 신경 쓰지 않는 것 같았다.

물론 우진이가 석준이를 미워하는 건 아니다. 툴툴거리긴 해도 우진이는 꽤 단순해서 평소의 까브리로 돌아와 있었다. 사실 석준이가 잘못한 것은 아무것도 없었다. 우진이는 석준이 같은 애도 사귀는데 자기처럼 인기 많은 애가 여자친구를 왜 못 사귀겠느냐며, 오히려 석준이가 희망을 불러일으켰다고 했다. 청소 사건으로 우진이는 여자애들의 미움을 샀지만 언제 그런 일이 있었냐는 듯이 여자애들에게 달라붙었다. 아무에게나 친한 척을 하고 멋있는 척을 했다. 잠시 후 피자가 나왔고 우리는 한 조각씩 피자를 먹었다.

"야, 여친 생기니까 좋냐?"

우진이가 석준이의 옆구리를 팔꿈치로 쿡쿡 찌르며 물었다. 석준이는 대답하지 않고 웃기만 했다.

"그냥 뭐, 학교 오는 게 즐거워."

"우와."

여자친구의 존재가 그렇게 대단할 줄 몰랐다. 내가 학교 오는 게 즐거울 때는 방학하는 날밖에 없는데.

"교수, 근데 왜 그렇게 옷을 많이 샀냐?"

난 의자 위에 놓여 있는 쇼핑백을 가리키며 물었다. 옷값만 해도 꽤 나왔을 거다.

"너 옷 같은 거에 관심 없잖아."

우진이도 피자를 먹으며 말했다.

"민지 만날 때 입으려고."

민지, 라는 말에 우진이가 인상을 팍 썼다.

"지난주에 민지랑 밖에서 만났는데 엄청 창피했어."

"왜?"

"민지는 안 그래도 예쁜데, 더 예쁘게 하고 나온 거야. 근데 나는 완전 아저씨 같아서. 민지가 겉으로는 괜찮다고 말하긴 했는데 민지도 나를 조금 부끄럽게 여기는 것 같았어."

석준이는 모아 놓은 용돈을 탈탈 털어 옷을 샀다고 했다.

"앞으로 엄마가 사다 주는 옷 안 입을 거야. 우리 엄마는 아빠

옷 사면서 내 옷 산단 말이야."

나와 우진이는 석준이에게 머리 스타일도 좀 바꾸라고 충고했다. 이 대 팔 가르마는 너무 나이 들어 보인다. 석준이는 밥 먹고 바로 미용실로 가겠다고 했다.

난 석준이에게 민지와 둘이 있으면 뭐 하고 노느냐고 물었다.

"그냥 밥도 먹고, 영화도 보고, 얘기도 하고 그렇지 뭐."

"교수, 민지랑 손도 잡았어?"

"응."

"우와! 대단해, 대단해!"

석준이는 민지와 손을 잡고 길을 걷는다는 말을 했고 우진이는 호들갑을 떨었다.

"그럼, 키스도 했어?"

난 침을 꼴깍 삼키며 석준이를 바라보았다. 하지만 석준이는 대답 대신, 점원 누나를 불러 콜라를 리필해 달라고 부탁했다.

"했어, 안 했어?"

우리는 석준이를 채근했다. 하지만 석준이는 딴청을 피웠다.

"그건 말해 줄 수 없어."

"했구나?"

"말 안 할 거야."

"교수, 말 좀 해 봐. 키스하면 느낌이 어때? 좋아? 응? 이야기 좀 해 줘.”

우진이가 석준이에게 말해 달라고 계속 졸랐다. 하지만 석준이는 입을 꾹 다물었다. 나도 우진이만큼 키스의 느낌이 궁금했다.

“야, 키스한 거 말 좀 해 달라니까. 너 사실 키스 못 했지? 그래서 이야기 안 해 주는 거지?”

“모른다니까.”

우진이는 석준이에게 계속 키스한 이야기를 해 달라고 했다.

“에이, 이 자식, 못 했네. 못 했어. 그러니까 이야기 안 하는 거야.”

“다 먹었으면 그만 가자.”

석준이가 계산서를 들고 먼저 일어섰다.

“야, 교수 정말 너무하지 않냐? 키스한 거 얘기 좀 해 주지. 아, 궁금해 죽겠네.”

우진이는 그깟 키스가 무슨 대수라고 이야기를 해 주지 않는 거냐고 했지만 우진이는 대수도 아닌 일에 화를 냈다.

“나라면 바로 이야기했어. 어떻게 친구 사이에 그러냐?”

우진이는 이야기를 해 주지 않는 석준이를 원망했다.

“그게 뭐가 그렇게 궁금하냐?”

난 우진이에게 면박을 주었다.

“넌 안 궁금해?”

“별로.”

석준이는 알면서도 모르는 척했고 난 모르면서 아는 척을 했다.

"아, 정말 궁금해 죽겠네. 키스했을까? 안 했을까?"

우진이가 석준이에게 달려가 이야기 좀 해 달라고 매달렸다. 난 안 듣는 척했지만 혹시나 석준이가 이야기를 해 줄까 봐 귀를 쫑긋 세운 후 둘의 뒤를 따라갔다.

피자를 먹은 후 아이들과 헤어졌다. 셋이 PC방이라도 가려고 했지만 석준이는 얼른 미용실에 갔다가 민지를 만나러 가야 한다고 했다. 우진이는 석준이에게 어떻게 우정보다 사랑을 택할 수가 있느냐며 화를 냈다. 하지만 석준이는 실실 웃기만 했다. 결국 우진이와 나도 별수 없이 그냥 집으로 갔다.

손등을 입에 대 보았다. 손등에 입술을 맞추었다. 느낌이 없다. 윗입술과 아랫입술을 맞부딪쳐 보았다. 역시 별 느낌이 없다. 인터넷에 접속해 '키스 느낌'을 검색했다. 가장 맨 위에 있는 걸 클릭했다.

A: 입에 물컹한 게 들어옵니다. ㅋㅋㅋㅋㅋㅋ

입 안의 혀를 굴려 보았다. 이런 느낌일까? 다음 질문을 클릭했다. 이번 질문은 키스의 느낌과 잘하는 방법까지 물어보는 거였다.

A: 체리 꼭지를 입에 넣은 후 꼭지매듭을 짓는 연습을 해 보세요~ 그러면 키스를 잘하게 됩니다.

몇 개의 질문을 더 클릭해 봤지만 딱히 유익한 게 없었다. 난 인터넷 창을 닫은 후 거실로 나갔다. 주방에서 엄마가 저녁을 준비하고 있었다. 난 주방으로 들어가 식탁 의자에 앉았다. 토요일이라 집에 일찍 온 아민 누나가 식탁에서 아이스크림을 먹고 있었다.

"먹을래?"

난 숟가락을 가져와 아이스크림을 퍼먹었다.

"엄마, 우리 집에 체리 없어?"

"웬 체리?"

"그냥 먹고 싶어서."

엄마는 체리가 없다고 했고 아민 누나는 체리는 부자들이 먹는 과일이라며 끼어들었다. 그러자 엄마가 우리도 먹을 수 있다며, 다음 시장 보러 갈 때 꼭 사다 주겠다고 했다.

"누난 공부 잘돼?"

"몰라, 이 자식아."

갑자기 누나가 도끼눈을 하고 나를 쳐다보았다. 그리고 나에게 질문을 던지기 시작했다.

"넌 잘돼? 이번 중간고사에서 몇 등 했어?"

"왜 그래? 난 그냥 물은 거라고."

"나도 그냥 물은 거야. 몇 등 했어? 너 중간도 못했지?"

단지 질문 하나를 했을 뿐인데 누나는 내게 따지듯 물으며 화를 냈다.

"짜증나. 나한테 왜 그래?"

"네가 먼저 물었잖아."

"그냥 물은 거라고."

"네가 뭔데 나한테 공부 잘돼 가는지를 묻냔 말이야."

누나가 아이스크림 먹던 숟가락을 식탁 위에 던졌다.

"엄마, 누나 좀 봐. 내가 뭘 잘못했다고 그래?"

엄마가 몸을 돌려 나와 아민 누나 쪽으로 다가왔다.

"네가 잘못했잖아."

엄마가 나를 보며 말했다.

"내가 뭘?"

"누나 신경 쓰게 하지 말고 얼른 들어가. 그리고 저녁 먹을 때 나와."

내 편을 들어줄 것 같았던 엄마가 나를 내쫓았다. 난 인상을 잔뜩 쓰고 방으로 들어왔다. 정말 억울하다. 정말 아무 뜻 없이 물어본 건데. 하지만 누나도, 엄마도 다 내 잘못이라고 한다.

침대에 누워 있는데 갑자기 지민 누나가 방 문을 확 열고 들어왔다.

"야, 너 아민이 열 받게 했다며?"

"내가 뭘?"

"너 정말 왜 그러냐?"

누나가 내 옆으로 다가오더니 깐족거리며 말했다.

"나가."

"왜? 삐돌이, 또 삐쳤어?"

"좀 나가라고!"

내가 화를 내자 누나는 "엄마, 태민이 사춘긴가 봐!"라고 말하며 문을 열고 나갔다. 엄마와 누나들이 까르르 웃으며 내가 사춘기니 반항기니 하는 말을 하는 게 내 방까지 다 들렸다. 주먹으로 베개를 쳤다. 우리 집에서 제일 만만한 게 나지. 다들 나를 우습게 생각하고 무시한다. 얼른 커서 집에서 독립하고 싶다.

4

최악의 5월이다. 우진이마저 여자친구가 생겼다. 우진이는 방과후 논술반의 1학년 후배 소정이와 커플이 되었다. 후배 여자애가 먼저 사귀자고 들이댔다나 뭐라나. 우진이는 여친이 생겼다면서 엄청 으스댔다. 개구리 올챙이 적 생각 못 한다고, 석준이가 여자친구 생겼을 때는 그렇게 약 올라 했으면서 지금은 그 몇 배로 나를 약 올리고 있다. 묻지도 않는데 소정이와 있었던 일을 일일이 나에게 보고했다.

약속 장소인 영화관 앞에는 석준이가 먼저 나와 있었다. 일요일인 오늘, 난 석준이와 영화를 보기로 했다. 더 정확히 말하자면, 반전 커플의 데이트에 내가 '위장용'으로 낀 것이다. 석준이는 엄마 눈치가 보인다며 나와 우진이를 만나러 간다고 거짓말을 했다. 하지만 우진이는 여친 소정이와 만나기로 했다며 빠졌다. 대신 민지가 친구 다연이를 데리고 나온다고 했다.

석준이는 평소와 다르게 잔뜩 멋을 부리고 나왔다. 지난번에 산 새 옷을 입고 머리에 왁스까지 발랐다.

"근데 너 얼굴이 왜 그러냐?"

잔뜩 차려입은 옷차림과 다르게 데이트를 하러 나온 석준이의 얼굴은 별로 좋아 보이지 않았다. 석준이는 이번 중간고사에서 전교 7등을 했다. 중학교에 입학한 이후로 석준이는 한 번도 전교 1등을 놓친 적이 없다. 하지만 이번 중간고사에서 석준이는 반 1등도 이영재에게 빼앗겼다. 선생님들과 석준이의 부모님은 석준이가 여자친구가 생겨서 그렇다며 석준이를 혼냈다. 석준이가 민지와 사귄 건 중간고사를 본 이후라고 항변했지만 어찌됐든 여자에게 정신이 빠진 거라며 혼나기는 마찬가지였다. 전교 7등을 해서 혼나다니. 내가 전교 7등을 했다면 우리 집에서는 잔치가 벌어졌을 텐데. 석준이가 불쌍했다. 석준이는 여자도 아무나 못 사귀고, 성적이 떨어져서도 안 된다. 어른들은 공부를 잘하면 할 수 있는 일이 훨씬 더 많을 거라고 말한다. 하지만 과연 그럴까? 내가 보기에는 공부를 잘하고 똑똑할수록 해서는 안 되는 일들이 더 많아지는 것 같다.

어쩌면 인생은 열심히 살면 안 되는 건지도 모르겠다. 처음부터 잘하기 시작하면 계속 잘해야 한다. 잘하면 계속 칭찬받을 줄 알지만 석준이를 보면 별로 그렇지 않다. 오히려 잘하다가 한 번 못하면 엄청 욕을 먹는다. 반면에 우진이는 중간고사에서 성적이 정말 조금 올랐다. 반 등수가 2등 올랐다. 그랬더니 우진이네 부모님은 우진이가 갖고 싶다던 비싼 스마트폰을 바로 사 줬다.

"엄마한테 또 혼났냐?"

"그냥 그렇지 뭐."

석준이가 낮게 한숨을 쉬며 대답했다.

"민지랑 다연이는 조금 늦는대."

"응."

아무 생각 없이 나오긴 했지만, 막상 넷이 만날 생각을 하니 기분이 이상했다. 민지와는 석준이 때문에 조금 친해지긴 했지만 다연이와는 말도 몇 마디 해 본 적 없다. 다연이는 민지의 단짝 친구로 민지만큼 예쁘다.

"오늘 다연이랑 잘해 봐."

"야, 무슨."

말은 그렇게 했지만 핸드폰 액정을 보며 얼굴에 뭐가 묻지 않았나 살폈다.

잠시 후, 민지와 다연이가 나타났다. 난 어색하게 둘에게 손을 흔들어 인사를 했다. 석준이는 아주 자연스럽게 민지 옆에 섰다.

학교에서보다 훨씬 더 친해 보였다.

"영화 뭐 볼래?"

석준이가 민지와 다연이에게 물었다. 민지와 다연이가 영화 상영표를 훑어봤다.

"저거 보자."

민지가 석준이에게 영화관에서 광고 중인 영화를 가리켰다. 로맨틱 코미디였다.

"자, 가자."

석준이가 내 팔을 잡아당겼다. 난 석준이를 따라 영화 매표소로 갔다. 석준이는 우리 둘이서 영화 값을 나눠 계산하자고 했다. 난 지갑에서 돈을 꺼내 석준이에게 주었다. 민지가 와서 그런지 석준이의 얼굴이 아까보다 좋아 보였다.

영화표를 산 후 아까 그 자리로 가 보니, 민지와 다연이가 팝콘과 콜라를 사 놓았다.

영화 상영 시간이 얼마 남지 않아 바로 영화관으로 들어왔다. 왼쪽부터 석준이, 민지, 다연이 그리고 내가 앉았다. 여자와 영화관에 온 건 처음이다.

영화 시작 전 광고가 꽤 길었다.

"저 영화도 재밌겠다. 그치?"

다른 영화 광고가 나오는 걸 보고 다연이가 묻자 난 "응." 하고 대답했다.

영화관의 불이 꺼지면서 영화가 시작되었다. 난 들고 있는 팝콘을 다연이가 먹기 편하도록 최대한 다연이 쪽을 향해 들었다.

영화가 끝났다. 돈 내고 로맨틱 코미디를 볼 거라곤 생각도 못했는데 생각보다 더 재미있었다.

"근데 이 영화는 여자친구, 남자친구랑 같이 보면 안 된대."

영화관에서 나오면서 민지가 말하자 석준이가 "왜?" 하고 물었다.

"남자 주인공이랑 여자 주인공이 너무 잘생기고 예뻐서 자기 애인이랑 비교된대."

민지 말을 듣고 보니 고개가 끄덕여졌다. 여자 주인공이 예쁘긴 엄청 예뻤다.

"난 여자 주인공보다 네가 더 예쁜데."

석준이의 말에 깜짝 놀라 석준이를 쳐다보았다. 어떻게 이런 오글거리는 말을 교수가 할 수 있는 거지? 그 말을 듣는 내 몸이 다 오그라드는 것 같았다.

"민지 너는 비비언 리 닮았어."

"비비언 리가 누군데?"

"옛날 미국 여배우야. 〈바람과 함께 사라지다〉라는 영화에 나왔어. 그 영화는 말이지."

석준이가 〈바람과 함께 사라지다〉라는 영화에 대해 설명하기 시작했다. 소설이 원작이고, 미국 남북전쟁과 관련이 있다나 뭐라나. 난 얼른 석준이의 강의가 끝나기만을 기다리고 있는데 민지는 석준이의 말을 열심히 듣고 있었다.

"미국도 남북끼리 전쟁을 했어?"

"그건 말이야."

민지가 질문을 하면, 석준이가 그에 대한 보충 설명을 해 주었다. 민지뿐만 아니라 다연이도 석준이의 말을 경청하고 있었다. 여기에서 나만 이상한 사람인 것 같았다.

"아, 그렇구나. 넌 인터넷 같아. 물어보면 모르는 게 하나도 없잖아."

민지의 말에 석준이의 어깨가 으쓱거리는 게 보였다.

"민지야, 미안."

갑자기 석준이가 민지에게 사과를 했다.

"비비언 리 닮았단 말 취소할게. 너는 비비언 리보다 훨씬, 훨씬 더 예쁘거든."

주먹으로 석준이의 머리통을 날리고 싶은 손을 참느라 사력을 다했다. 난 교수가 미친 게 아닐까 싶어 석준이를 노려보았다.

"하여튼 넌 너무 재밌어."

박민지가 깔깔대며 웃었다. 이건 또 뭘까? 알 수 없는 이상한 이야기만 늘어놓는 교수가 재밌다니. 얘도 맛이 살짝 갔나? 박민지는 석준이가 무슨 말을 하던 계속 웃었다. 아무래도 박민지 역시 제 정신이 아닌 게 분명하다.

점심으로 뭘 먹을까 고민하다가 스파게티를 먹으러 왔다. 석준이는 이번에도 메뉴판을 민지와 다연이에게 먼저 내주었다. 나와 우진이와 함께 올 때와는 많이 달랐다. 남자들끼리 오면 자기가 가장 먼저 메뉴판을 보고는 메뉴를 고른 후, 우리에게 메뉴판을 던졌는데.

우리는 피자 두 개와 스파게티 두 개를 주문하였고, 잠시 후 우리가 주문한 음식이 나왔다. 다연이와 민지는 아주 조금씩 먹었고, 석준이는 다이어트 한다고 많이 먹지 않았다. 결국 나만 배부르게 음식을 다 먹었다.

스파게티 집에서 나와 아이스크림을 먹으러 갔다. 민지와 다연이가 배부르다고 해서 아이스크림을 먹지 못할 줄 알았는데, 둘은 아이스크림을 아주 잘 먹었다. 참 알 수 없는 일이었다.

"그럼 우리 먼저 가 볼게."

민지와 다연이는 다른 여자아이들과 약속이 있다며, 아이스크림을 먹자마자 일어섰다. 나와 석준이는 별다른 일이 없어 남았다.

"너 민지한테 엄청 잘하더라."

"그 정도는 기본이지."

석준이가 우쭐댔다. 전교 1등을 했을 때도 이렇지 않았는데.

"그나저나 침, 다연이 어떠냐?"

"그냥 뭐."

"둘이 잘해 봐. 다연이 예쁘잖아."

"됐어."

난 괜찮다고 손사래를 쳤다.

"왜?"

"별로. 그냥 내 스타일이 아닌 것 같아."

석준이 말대로 다연이는 예쁘고 남자애들에게 인기도 많다. 하지만 왠지 관심이 가지 않았다.

"야, 네가 가릴 처지가 아니잖아. 다연이 정도면 감사합니다, 하고 사귀어야지."

"뭔 소리야?"

"다연이랑 잘해 보라고."

"됐어."

난 이제 여친 사귀는 일에 별로 관심 없다고 말했다.

"되긴 뭐가 돼? 네가 이번 기회 아니면 언제 여자친구를 사귀겠냐?"

석준이가 피식 웃으며 말했다. 이 자식이 나를 비웃는 건가?

"야, 뭔 말을 그렇게 하냐?"

슬슬 화가 나기 시작했다. 내가 왜 덩치만 크고 잘난 척하는 녀석에게 이런 소리를 듣고 있어야 하는지 모르겠다.

"교수, 너나 잘해."

"뭘?"

"너랑 박민지는 어울리는 줄 아냐? 애들이 너희들 뭐라고 부르는지 몰라서 그래? 너희 둘, 하나도 안 어울려."

"이 자식이!"

석준이가 주먹을 꽉 쥐더니 부르르 떨었다. 한 대 때리면 어쩌지? 나도 같이 때려야 하나? 가게 안에서 싸우는 건 별론데. 그렇다고 참을 수는 없지. 하지만 석준이 힘이 더 세니 더 많이 때리겠지? 아냐, 길고 짧은 건 대 보라고 했으니 누가 이길지는 모르지. 여러 가지 생각이 한꺼번에 머릿속에서 맴돌았다. 하지만 석준이는 벌떡 일어서더니 가게 안을 나가 버렸다.

집에 와 보니, 엄마가 체리를 사 왔다며 먹으라고 씻어 주었다. 난 접시에 담긴 체리를 들고 방으로 들어왔다.

책상 위에 체리 접시를 내려놓은 후 컴퓨터를 켰다. 기분이 찝찝하다. 석준이에게 꼭 그렇게 말할 필요는 없었다. 안 그래도 석준이 녀석, 다른 아이들 반응 때문에 스트레스를 많이 받았을 텐데……. 하지만 석준이도 너무했다. 다연이와 잘해 보라는 이야기가 꼭 나를 무시하는 말처럼 들렸다.

체리 알맹이를 입에 넣었다. 달긴 했지만 신맛이 더 강했다. 두 개 정도를 더 먹었지만 생각만큼 맛있지 않았다.

손에 든 체리 꼭지를 보니 지난번에 인터넷에서 검색했던 내용이 기억났다. 이 짧은 걸 어떻게 매듭지을 수 있지? 체리 꼭지를 혀 위에 올려놓은 후 혀를 이리저리 굴렸다.

혀 위에 꼭지를 평평하게 올려놓은 후 혀끝으로 한쪽 끝을 들어 뒤집었다. 그다음 얼른 중간쪽 혀를 위로 올려 매듭 고리를 만든 후, 혀끝을 이용해 고리 안으로 체리 꼭지를 넣었다. 하지만 매듭이 지어질 것 같으면서도 쉽게 되지 않았다. 한참을 묶어 보려고 했지만 잘 안 되었다. 키스는 역시 쉬운 게 아닌가 보다.

꼭지를 뱉었다. 꼭지 끝부분 때문에 혀가 얼얼했다. 하지만 이대로 포기할 수 없다. 다시 한 번 꼭지를 입에 넣었다. 혀를 이리 굴리고 저리 굴리고 한참을 하다 보니 꼭지 끝이 고리 부분에 들어갔다. 꼭지를 뱉어 확인하니, 꼭지가 매듭져 있었다. 신이 나서 한 개를 더 입에 넣었다. 여전히 잘되지 않았지만 계속해 보니 처음보다 빨리 매듭이 지어졌다.

입 안에서 매듭지어진 꼭지가 툭툭 튀어나왔다. 키스의 달인이 된 것 같았다. 매듭지어진 꼭지가 접시 위에 여러 개 놓여 있는 걸 보니 기분이 좋았다. 하지만 정작 키스할 여자친구가 없었다.

그 사실을 깨닫는 순간, 모든 게 다 공허해졌다. 난 체리가 담긴 접시를 책상 위에서 확 밀친 후 침대에 가서 누웠다.

5

 거실 소파에 앉아 텔레비전을 보고 있는데 지민 누나가 소파 옆
자리에 앉았다. 오늘은 약속이 없는지 내가 학교 끝나고 집에 돌
아왔을 때부터 집에 있었다.

 누나가 리모컨으로 채널을 이리저리 돌렸다.

 "지금 나 보고 있는 거 안 보여?"

 "내가 저 프로그램 제일 싫어하는 거 몰라? 딴 거 봐."

 누나가 신경질을 내며 말했다. 어젯밤에 화장실에 가면서 누나
방을 지나가는데 누나가 전화로 누군가와 싸우는 소리가 들렸다.

 채널을 돌리던 누나는 드라마를 틀었다. 난 잔말 하지 않고 그
냥 누나가 보는 프로그램을 봤다. 누나가 내게 채널을 양보할 리
도 없었고 아까 본 예능 프로그램은 다행히 재방송으로 두 번째

보고 있던 거였다.

드라마가 딱히 재미있는 건 아니지만 방에 들어가도 할 일이 없어 그냥 소파에 앉아 텔레비전을 봤다. 난 드라마가 별로 재미없다. 하지만 엄마와 누나들은 드라마를 좋아했다. 요즘에는 아빠까지 드라마를 보기 시작했다. 예전에는 뉴스와 다큐멘터리만 보았는데 이제 아빠도 일일 드라마를 꼭 챙겨 본다. 엄마 말로는 남자가 나이가 들면 여성 호르몬이 많이 분비되어서 드라마를 좋아하게 된다고 했다.

드라마 속 여자 주인공이 "나는 다음 세상에 태어나면 화가가 되고 싶어."라는 말을 하자, 누나는 내가 묻지도 않았는데, 원래 여자 주인공이 화가가 되고 싶었지만 집안의 반대 때문에 화가가 되지 못했다고 알려 주었다.

"왜 저런 말을 하는 거야? 뭘 다음 세상에 해? 다음 세상이 있을지 없을지도 모르는데, 하고 싶으면 이번 세상에 하면 되는 거잖아. 안 그래?"

내가 가장 싫어하는 말이 두 가지 있는데, 첫 번째는 다음 세상에 무엇을 하겠다는 것이고, 두 번째는 "너희 때가 제일 좋을 때다."라는 어른들의 말이다.

"그렇지."

웬일인지 누나가 내 말에 동의하였다.

"태민아, 근데 난 김태희나 전지현 같은 초절정 미녀가 되고 싶어."

텔레비전을 보고 있던 누나가 텔레비전에 시선을 고정시킨 채 말했다. 그 말을 들으니 몹시 당황스러웠다.

"누나, 그건 그냥 다음 세상에 하는 게 좋겠어."

나름대로 누나에게 현실적인 충고를 했지만 누나는 날 발로 차며 욕을 했다. 이한 형과 싸운 화풀이를 나한테 하는 것 같았다.

"꺼져, 이 자식아."

"누나, 나한테 이러면 안 되잖아."

누나는 내 말을 듣지도 않고 계속 나를 발로 차며 저리 가라고 했다. 지난번에는 누나에게 백수라고 말했다가 엄청 욕을 먹었다. 누나는 자꾸 자기가 백수가 아니라 취업 준비생이라고 했다. 취업 준비생이나 백수나 그 말이 그 말이지. 누나한테 결혼을 준비하는 여자를 기혼녀라고 할 수 있냐는 논리를 펼치니까, 누나는 반박 대신 화를 내며 꺼지라고 응수했다.

누나와 함께 있어 봐야 좋을 게 없을 것 같았다. 난 방으로 들어와 컴퓨터를 켰다.

게임 사이트로 접속하려고 클릭하는데 핸드폰에 문자 메시지가 도착해 있었다. 효림이가 독서신문에 대해 몇 가지 전달사항을 알려 주었다.

> 준범이한테 전화해서 물어봤는데, 이번 주 토욜 2시 괜찮대.

> 잘됐다.

오늘 학교가 끝나고 조원끼리 모여 독서신문 만들기 일정에 대해서 이야기했는데, 준범이는 일이 있다며 먼저 가 버렸다. 다음 주 금요일이 발표라 이번 주 안으로 신문을 만들어야 한다.

우리 조는 독서신문의 주제를 '십 대의 성과 사랑'으로 정했다. 어쩌다가 내가 "십 대들의 연애 어때?"라고 의견을 냈는데, 조원들이 모두 좋다고 했다. 책을 찾아보니 십 대들의 연애를 다룬 이야기가 많지 않아, 성과 사랑으로 주제를 넓혔다. 우리가 다룰 책은 미카엘 올리비에의 『뚱보, 내 인생』, 벌리 도허티의 『이름 없는 너에게』, 박현욱의 『동정 없는 세상』이다.

> 근데 7조도, 뚱보 내 인생, 한대!

> 엥? 그럼 우리랑 같은 책이잖아?

> ㅠㅠ 걔네는 외모에 대해서 할 거래.
> 주제가 다르긴 하지만 책이 같으니까 좀 그래.

> 그러게. 우리가 더 잘해야겠네~

> 나, 동정 없는 세상, 읽었는데 재밌더라 ㅋㅋ

> 그래? 다행이다. 난 지금, 이름 없는 너에게, 읽고 있는 중.

『동정 없는 세상』은 내가 추천한 책이다. 지민 누나한테 모둠 과제를 이야기하니, 누나가 그 책을 꼭 해야 한다고 했다. 난 책을 읽지도 않고 그 책을 하자고 했다. 하지만 읽고 보니 조금 민망했다. 책은 아주 재밌었지만 왠지 여자애들이 나를 주인공 남자애로 생각할까 봐 걱정이 되었다. 주인공은 수능을 본 열아홉 살 남자 '준호'인데, 머릿속에는 온통 여자친구와 자는 생각밖에 없다. 준호는 동정 없는 세상에서 살고 싶어 한다. 나는 '동정'이 그 '동정' 일 줄 몰랐다. 다행히 효림이와 윤지가 책 선정을 잘한 것 같다고 해서 기분이 좋았다. 준범이마저 그 책이 아주 재밌다고 말했다. 그런데 그 말을 하며 준범이가 씨익 미소를 지었다. 난 그 미소의 뜻이 궁금했지만 차마 묻지 못했다.

난, 이름 없는 너에게도 다 읽었지롱~

이거 끝에 어떻게 돼? 헬렌이랑 크리스랑 잘 돼?

『이름 없는 너에게』는 십 대 소녀 헬렌이 남자친구 크리스의 아이를 갖게 되는 내용이다. 난 지금 헬렌이 크리스와 헤어지는 부분까지 읽었다.

넌 둘이 어떻게 되었으면 좋겠는데?

어떻게 되긴? 당연히 둘이 되어야지.
안 그러면 헬렌이 미혼모가 되어야 하잖아.

미혼모면 어때?
헬렌이랑 크리스랑 겨우 열아홉 살이잖아.
그런데 애 때문에 결혼을 하는 건 좀 그렇지 않아?
대학에 가면 더 좋은 사람을 만날 수도 있고.

좀 그렇다니? 당연히 애가 생겼는데 결혼해야지.

그게 왜 당연해?

안 그러면 애기가 너무 불쌍하잖아.
난 이왕이면 아이가 자랄 때
엄마, 아빠가 다 있어야 한다고 생각해.

너 참 이상하다. 불쌍하긴 뭐가 불쌍해?
헬렌이랑 크리스 인생은 안 중요해?
너 보기보다 완전 꽉 막힌 애구나 −_−;

효림이가 내게 화를 냈다. 도대체 내가 뭘 잘못한 거지? 난 화면을 올려 채팅 내용을 찬찬히 읽어 보았다. 내가 실수한 건 없는 것 같다. 난 그냥 내 생각을 말했을 뿐인데, 효림이는 날 보고 이상하다느니, 꽉 막힌 애라느니, 하고 말했다. 내가 보기엔 효림이가 더 이상하다. 모든 사람이 다 자기랑 같은 생각을 해야 하는 건가? 모둠 과제를 하며 효림이가 꽤 괜찮은 애라고 생각했는데 착각이었나 보다. 역시 바늘은 바늘이다. 효림이는 별것도 아닌 일에 흥분하여, 바늘로 콕콕 찔러 댔다.

나와 효림이는 더 이상 대화를 하지 않았다. 한참 뒤, 효림이는 "어쨌든 토욜 늦지 마."라는 마지막 말을 남기고 아예 채팅방에서 나가 버렸다.

2시가 되기 전에 스터디카페에 도착했다. 입구에 들어가 예약자인 주효림을 말하니, 아르바이트생 누나가 2층으로 안내해 주었다. 효림이와 윤지가 먼저 와 있었다. 나는 아이들에게 다가가 인사를 했다.

"준범이는 십 분 정도 늦을 거래."

자리에 앉자 효림이가 말해 주었다. 지난번 메신저에서 대화를 한 이후 효림이와 단둘이 학교에서 말을 한 적이 없다. 마주칠 일도 없고 이야기를 나눌 기회도 없었다. 오늘 효림이를 만나면 어떻게 대해야 할까 조금 고민했는데, 효림이는 아무 일도 없었다는 듯 나를 대했다. 그런 효림이를 보니 며칠 동안 신경 쓴 내가 우스웠다.

난 고개를 돌려 스터디카페를 둘러보았다. 스터디카페는 처음 와 본다. 널찍한 테이블이 띄엄띄엄 놓여 있었고 우리 테이블 외에도 다른 테이블이 꽉 찼다. 하지만 조금도 시끄럽지 않았다. 카페는 꽤 넓은데 사람들은 모두 조용한 목소리로 대화를 나누었다. 다른 테이블 사람들은 대부분 대학생 같아 보였다. 여기에 있으니 나도 꼭 대학생이 된 기분이다.

"음료수 뭐 마실래? 여기 음료수 계속 리필해서 마실 수 있어."

효림이가 카운터를 가리키며 말했다. 내가 두꺼운 종이컵을 들고 카운터로 가려는데 효림이가 자기 컵을 내밀며 아이스티를 가져다 달라고 부탁했다. 지난번 일을 기억도 못 하는 효림이가 조금 야속했지만 거절하는 것도 이상할 것 같아 컵을 건네받았다.

컵 두 개를 들고 카운터로 갔다. 카운터에 가 보니 고를 수 있는 음료수가 무척 많았다. 이걸 정말 종류대로 다 마실 수 있는 걸까? 음료를 주는 형에게 정말이냐고 물어보자 형이 그렇다고 대답해 주었다. 여기 스터디카페 외에도 이런 식으로 되어 있는 카페가 많다고 이야기해 주었다. 이걸 무한정으로 마음껏 마실 수 있다니 아주 마음에 든다. 나는 효림이와 같은 레몬 아이스티로 주문했다.

신문 만들기를 하고 있는데 준범이가 도착했다. 옆 테이블 대학생 누나들도 우리 테이블로 고개를 돌려 준범이를 쳐다보더니 자기들끼리 수군거렸다. 무슨 대화를 하는지 듣지 않아도 알 수 있을 것 같았다.

"늦어서 미안."

나와 달리 준범이는 이런 곳에 처음 온 것 같지 않았다. 음료 주문 방법을 알려 주지 않았는데도 알아서 음료수를 가져다 마셨다.

"주인공들 캐리커처도 그려 넣자. 내용도 중요하지만 딱 봐서 보기 좋게 말이야."

준범이가 의견을 내놓았다. 윤지와 효림이가 좋다며 손뼉을 쳤다. 내가 백 마디 말했을 때보다 더 반응이 좋았다. 역시 속 내용보다는 겉포장인가?

독서신문을 만드는 데 시간이 꽤 걸렸다. 미리 작성해 온 내용을 50센티미터 도화지에 적어 넣었다. 책의 간략한 줄거리 소개와 주인공 캐리커처, 세 주인공의 가상 만남, 주인공에게 하고 싶은 말, '만약 내가 책 속 주인공이었다면?'이 우리 신문의 구성이다. 글씨는 여자애들이 잘 써서 신문을 만드는 건 거의 효림이와 윤지가 했다. 나와 준범이는 여자애들이 시키는 대로 종이를 오리거나, 색칠 같은 잔심부름만 했다.

6시가 넘어 끝이 났다. 스터디카페에서 나오니 주위가 조금씩 어두워지고 있었다. 효림이와 윤지가 먼저 가 보겠다며 인사를 하고는 둘이 팔짱을 끼고 갔다. 나와 준범이만 남았다. 우린 별 대화 없이 버스 정류장 쪽으로 걸어갔다.

"집으로 가냐?"

준범이가 물었다.

"응. 넌?"

"난 약속 있어."

누구와 약속 있느냐고 물어보려다가 그만두었다. 그 정도로 우리가 가까운 사이는 아니니까. 살짝 고개를 돌려 준범이를 쳐다보았다. 나보다 10센티미터 이상 키가 큰 것 같다. 나도 166센티미터니까 작은 키는 아닌데, 준범이는 우리 반에서 키가 제일 크다. 준범이는 자기가 잘생긴 걸 알고 있을까? 준범이를 보면 가끔 궁금했다. 그리고 또 하나, 준범이에게 궁금한 게 있다.

"저기."

"왜?"

물어볼까 말까 하다가 눈 딱 감고 물어보기로 했다.

"근데 너 정말 고등학생 누나랑 사귀는 거야?"

"응."

준범이가 너무 순순히 그렇다고 대답을 했다. 준범이를 쳐다보았다. 마치 너 오늘 밥 먹었어, 너 오늘 세수 했어, 에 대한 답을 하는 것처럼 너무 당연하고 너무 태연했다. 난 소문으로 들었던 그 예쁜 누나가 맞느냐고 물었다. 이번에도 준범은 당연하다는 듯 그렇다고 대답을 했다.

"너, 여자친구 많이 사귀어 봤지?"

"중학교에 들어와서 다섯 명쯤 사귀었나?"

다섯 명이라니! 난 매우 놀랐지만 겉으로는 티를 내지 않았다.

역시 준범이는 능력자다.

"넌?"

생각지도 못했는데 준범이가 내게 질문을 했다.

"난 아직."

준범이에게 그 말을 하려니 매우 부끄러웠다. 석준이나 우진이에게 말을 할 때와는 너무 달랐다. 그 녀석들은 나와 다를 게 별로 없으니까.

"그래?"

준범이는 대수롭지 않게 반응을 했다. 역시 나 같은 애는 여자친구 한 번 못 사귀어 본 게 당연하다고 생각하는 건가? 여자친구 한 번 사귀어 본 적도 없으면서 독서신문 주제로 '십 대의 사랑'을 하자고 말한 내가 조금 창피했다.

"한번 사귀어 봐. 괜찮아."

이 자식아, 지금 나는 안 사귀는 게 아니라 못 사귀는 거다! 라는 말이 튀어나올 뻔했다. 준범이는 세상 모든 사람들이 자기처럼 마음만 먹으면 다 여자친구를 사귈 수 있을 거라고 생각하나 보다.

"근데 여자친구 있으면 좋아?"

자존심을 다 버리고 질문을 했다.

"응."

나는 서술형을 기대했는데 준범이는 단답형으로 대답했다. 난 다시 한 번 자존심을 죽였다.

"어떤 점이 좋은데?"

"글쎄. 확실히 남자애들이랑은 다른 거 같아. 때로는 남자친구 열 명보다 여자친구 한 명이 더 필요할 때가 있기도 해."

석준이의 강의를 듣는 것도 아닌데 도저히 무슨 말인지 알 수가 없었다.

"이왕이면 네가 좋아하는 여자랑 사귀어."

준범이는 자기가 좋아하는 여자와 사귀는 건 이번이 처음이라고 했다. 예전에는 여자애들이 먼저 사귀자고 해서 사귀었지만 지금 사귀는 누나는 먼저 자기가 좋아해서 3개월을 따라다녔다고 했다. 준범이가 여자를 따라다니다니 의외였다.

"너도 곧 여자친구 생길 거야."

준범이가 미소 지으며 나에게 말했다. 무슨 근거로 그런 말을 하는지 모르겠지만 기분이 나쁘지 않았다.

준범이는 여자친구에게 연락이 왔다며 다음 주에 학교에서 보자는 말을 하고 가 버렸다. 준범이는 내가 생각한 것 이상으로 괜찮은 녀석 같다. 신문 만들기도 제법 열심히 했고 성격도 좋은 것 같았다. 준범이의 매력은 얼굴뿐만이 아니었다. 내가 여자였어도 준범이를 좋아할 것 같다. 이 사회가 일부일처제라서 다행이다. 만약 일부다처제의 사회였다면, 나 같은 평범한 남자들은 준범이 같은 애들에게 밀려 결혼도 못할 테니까. 세상은 내가 생각하는 것만큼 불공평하지만은 않은 것 같다. 아니, 어쩌면 제법 공평한지도 모르겠다.

6

조회 시간에 담임선생님은 윤지네 할아버지가 돌아가셨다며 윤지가 이번 주에 학교에 나오지 않을 거라고 말했다. 그래서 윤지가 보이지 않았나 보다. 담임선생님은 1교시 수업 준비를 하라는 말을 남기고 교실에서 나갔다.

사물함에서 1교시 수업인 수학책을 꺼내고 있는데 효림이와 준범이가 사물함 쪽으로 왔다.

"우리 내일 독서신문 발표잖아. 오늘 수업 끝나고 발표 연습할까 하는데 괜찮지?"

효림이의 질문에 준범이는 학교 끝나고 일이 있다고 했다.

"수업 끝나고 애들이랑 바로 밴드 연습하기로 했는데."

준범이는 밴드에서 베이스를 연주한다.

"아, 맞다. 목요일마다 한다고 했지?"

준범이가 고개를 끄덕였다. 연습실을 예약해 놓아 오늘 빠질 수 없다고 했다.

"그럼 나랑 태민이랑 둘이 할게. 태민아, 넌 괜찮지?"

난 괜찮다고 고개를 끄덕였다. 윤지가 결석을 해서 어쩔 수 없이 나와 효림이 둘이 해야 한다. 네 개 조로 나누어 수업 두 시간에 걸쳐 발표를 하는데, 우리는 4조라 내일 발표다.

자리로 돌아오는데, 준범이가 내 등을 치며 미안하다고 말하기에 괜찮다고 말해 주었다.

수업이 모두 끝난 후, 효림이와 함께 음악실에 왔다. 발표 준비를 어디에서 해야 할까 고민했는데 효림이가 음악 선생님한테 음악실 열쇠를 빌려 왔다. 효림이는 음악 시간에 피아노 반주를 해서 음악 선생님과 친했다. 효림이는 5시까지 음악실 열쇠를 선생님한테 가져다 드리기로 했다며 빨리 연습을 시작하자고 했다. 3시 40분이 조금 넘었고, 한 시간 정도밖에 연습할 시간이 없었다.

"내가 한번 해 볼 테니까 좀 봐 줘. 시간도 재 주고."

"응."

효림이가 발표를 시작하자, 난 핸드폰의 타이머를 눌렀다. 한 조에 주어진 시간은 총 십 분이다. 오 분 내외로 간략하게 주제를 설명하고, 나머지 오 분은 다른 학생들의 질문에 대답해야 한다.

"잠깐만."

효림이가 할 말을 잊어버렸는지 발표 내용을 적어 온 종이를 펼쳤다.

"다 외웠는데 자꾸 잊어버려."

효림이가 인상을 쓰며 말했다.

"긴장하지 말고 해. 우리 조가 왜 십 대의 사랑과 성을 주제로 했는지 말하고, 어떤 작품을 다루었고, 어떻게 신문을 구성했는지 차근차근 말하면 돼. 우리가 쓴 것 설명하는 거잖아."

"근데 난 사람들 앞에서 발표하는 거 잘 못하겠어."

"너 이야기 잘하잖아."

"그건 다섯 명 이하 사람들이 모였을 때만 그렇고."

효림이는 초등학교 5학년 때 학교 대표로 말하기 대회에 나간 적이 있는데, 그때 원고 내용을 잊어버려 큰 실수를 한 이후로 사람들 앞에서 발표하는 게 두렵다고 했다.

"근데 왜 네가 발표한다고 했어?"

"내가 조장이니까. 그리고 짧은 발표라서 괜찮을 줄 알았다고."

"그래. 짧은 발표니까 괜찮을 거야."

하지만 효림이가 고개를 설레설레 저었다.

"김태민, 네가 하면 안 될까?"

"내가?"

"응. 넌 긴장 잘 안 하잖아."

"하지만 나는……."

"네가 해라. 내일 윤지도 학교 못 오고, 준범이는 여기 없잖아. 제발."

효림이가 애처롭게 나를 쳐다보았다. 어떻게 해야 할지 고민이 되었다. 많은 사람들 앞에서 발표해 본 경험이 많지 않다. 하지만 효림이가 간절하게 부탁을 하니 마음이 흔들렸다.

"알았어. 내가 해 볼게."

효림이에게 원고를 넘겨받았다. 효림이는 어려운 내용이 아니라고 했지만 막상 내가 하려니까 쉽지 않았다.

"우선 보고 읽어."

"알았어. 시작할게."

난 종이를 보고 쭉 읽었다.

"아무래도 조금 줄여야겠다. 천천히 읽은 것도 아닌데 오 분이 넘었어."

내 앞에 앉아 있던 효림이가 내 옆자리로 옮겨 앉았다. 효림이는 원고를 보고 필요 없는 내용이라며 두 줄 정도를 볼펜으로 죽 그었다. 효림이에게서 좋은 냄새가 났다. 꽃향기 같기도 했고, 사탕향기 같기도 했다.

"뭐 해? 다시 안 읽고."

"어? 어."

정신을 차리고 원고를 읽기 시작했다. 효림이는 강조해야 하는 부분에 형광펜으로 색칠을 해 주었다. 몇 번을 반복해서 읽으니 외울 수 있을 것도 같았다. 나중에는 원고를 읽지 않고 반 정도만 보면서 할 수 있었다.

"훨씬 나아졌다. 내일 발표할 때, 원고 살짝 들여다봐도 될 거 같아."

5시가 다 되어서야 음악실에서 나왔다. 효림이와 함께 교무실 바깥까지 가서 안에 들어 간 효림이가 나오기를 기다렸다.

"가자."

교무실에서 나온 효림이는 떡볶이를 먹으러 가자고 했다.

"내가 살게. 원래 내가 하기로 한 건데 너한테 떠넘겼으니까."

"좋아, 가자. 근데 윤지는 학교 언제부터 온대?"

"내일까지 장례식이니까 다음 주부터 오지 않을까? 아까 전화해 봤는데 안 받더라고."

갑자기 효림이의 표정이 어두워졌다.

"윤지, 너무 슬플 것 같아. 윤지가 할아버지 이야기 자주 했었는데……."

효림이는 작년에 할아버지가 돌아가셨다는 말을 했다. 그리고 내게 조부모님 중에 돌아가신 분이 없냐고 물었다. 난 친가, 외가 쪽 모두 살아 계신다고 이야기해 주었다. 가끔 할머니나 할아버지가 돌아가셔서 학교를 결석하는 친구들이 있다. 할머니, 할아버지와 친했던 아이들은 장례식이 끝나고 돌아온 후에도 며칠 동안 우울해 하지만 별로 왕래가 없던 아이들은 전과 크게 다르지 않았다. 나는 친가나 외가 쪽의 할아버지, 할머니가 모두 나를 귀여워해 주셔서 한 분이라도 돌아가시면 많이 슬플 것 같다. 하지만 죽음이라는 게 실감이 나지 않는다. 뉴스에는 사망 사고가 많이 보도되지만 내가 아는 사람은 절대 죽는 일 같은 건 일어나지 않을 것 같다.

"장례식장, 되게 이상해. 할아버지가 돌아가셨으니까 할머니도, 아빠도, 고모도 엄청 울었어. 나도 많이 울었고. 그런데 할아버지 친구들이 막 오시는 거야. 자주 못 만났던 친척 분들도 오시고. 할아버지만 거기 계셨다면 할아버지 생신 잔치를 하는 것 같았을 거야."

내가 장례식장을 한 번도 가 보지 못했다고 말을 하니 효림이가 자기 할아버지가 돌아가셨을 때 이야기를 해 주었다. 할아버지 이야기를 하는 효림이는 평소와 달랐다. 효림이에게 이렇게 여린 면이 다 있었나 싶다.

학교에서 나와 학교 앞에 있는 떡볶이 가게로 갔다. 하교 시간이 지나서인지 떡볶이 집에는 사람이 거의 없었다.

"뭐 먹을래?"

"네가 알아서 시켜."

"떡볶이 1인분이랑 튀김 1인분이랑 순대 1인분 먹자. 오케이?"

"응. 좋아."

"넌 무조건 다 응이니?"

"응?"

"지금도 또 응이야?"

"내가 그랬어?"

효림이는 내가 제일 자주 하는 말이 '응'이라고 알려 주었다. 메신저에서도 가장 많이 하는 말이 'ㅇㅇ'이라고 했다. 생각해 보니 효림이 말이 맞았다. 난 웬만하면 '아니'라는 말을 하지 않는다. 싫다고 해 봤자 좋을 게 하나도 없기 때문이다. 기 센 누나 두 명을 통해 얻은 삶의 교훈이라고나 할까. 하지만 나는 그 말을 효림이에게 하지 않고 그냥 멋쩍게 웃기만 했다.

"내 남동생들도 너처럼 착하면 얼마나 좋을까."

"남동생들?"

"응. 나 남동생이 두 명 있어. 초등학교 4학년이랑 2학년."

"귀엽겠다."

"귀엽긴. 끔찍해."

효림이는 남동생 둘이 자신을 너무 괴롭혀 싫다고 했다.

"넌 형제 관계가 어떻게 돼?"

"난 누나만 두 명이야."

"우와. 정말? 나랑 정반대다."

효림이는 형제가 셋인 내가 반갑다고 했다. 효림이 말대로 친구 중에서 형제가 둘 이상인 집은 많지 않다. 주로 외동아들이거나 형제 둘이 많았다. 우진이는 외동아들이고, 석준이는 남동생이 하나 있다.

"누나들이 많이 귀여워해 주겠다."

"무슨, 내가 자기네들 종인 줄 알아."

"정말?"

"응. 내가 누나들한테 갖다 준 물이 몇 컵인지 셀 수도 없을걸."

내 말을 듣던 효림이가 재밌다며 웃었다. 난 농담이 아닌데 효림이는 농담으로 받아들인 것 같다.

잠시 후 떡볶이가 나왔고 우리는 대화를 멈추고 떡볶이를 먹었다.

"남자애들은 밥 먹을 때 말 잘 안 해?"

"응?"

내가 너무 말없이 떡볶이만 먹었나? 난 먹는 걸 잠시 멈추었다.

"텔레비전에서 남자와 여자의 차이에 대해서 나왔는데 남자들은 밥 먹을 때 말 거의 안 하고 밥만 먹는다고 해서."

"뭐 그렇지."

"신기하다."

"난 너희들이 화장실 같이 가는 게 더 신기해."

"왜?"

"웃기잖아. 혼자 가면 되는데 왜 같이 가?"

"그런가?"

갑자기 효림이가 웃기 시작했다. 효림이는 한 번도 그걸 이상하게 생각해 본 적이 없었는데 내가 그 이유를 물어보니 조금 이상한 것 같기도 하다고 했다.

효림이랑 생각보다 대화가 잘 통했다. 우진이나 석준이와 있으면 서로 할 말이 없어 가만히 앉아 있을 때가 많은데 효림이와는 의외로 할 말이 많았다. 효림이가 종알종알 말을 잘했다.

"참, 내일 발표할 때 조원 소개 한마디씩 하는 건 어떨까? 좀 특색 있게 말이야."

효림이는 발표 내용도 중요하지만 발표를 준비한 조원들이 더 중요하다며 그렇게 하자고 했다.

"윤지는 귀염윤지, 준범이는 얼짱준범, 너는 친절태민, 이렇게 말이야."

"글쎄."

내 입으로 그런 말을 하는 게 오글거렸다. 우진이라면 모를까 나는 느끼한 멘트를 할 수 없을 것 같다.

"재밌잖아. 애들도 더 집중할 거고. 국어 선생님이 경청 반응도 점수에 넣는다고 했어."

듣고 보니 효림이 말이 맞았다. 애들이 놀려 봐야 얼마나 나를 놀리겠나 싶다.

"그럼 너는 뭐로 해? 너만 없잖아."

나는 튀김을 집어 먹으며 효림이에게 물었다.

"글쎄. 나는 뭐로 하지?"

"넌 조종효림."

"뭐?"

"네가 우리 조원 조종했으니까. 지금도 날 조종해서 시키잖아."

"야!"

효림이가 포크로 접시를 찍으며 나를 째려봤다.

"네 맘대로 해."

효림이가 삐친 것 같아 내가 다른 걸로 바꾸겠다고 했다. 하지만 효림이는 괜찮은 것 같다며 그냥 하라고 했다.

"우리 엄마 아빠, 이혼하셨어."

떡볶이를 먹고 있는데 뜬금없이 효림이가 그 말을 했다.

"응?"

내가 대화의 한 부분을 놓친 건가 싶었다.

"지난번에 채팅하다가 내가 화낸 적 있잖아. 『이름 없는 너에게』 책 이야기하면서 말이야."

"아."

기억났다. 그때 효림이와 책 이야기를 하다가 조금 다퉜다.

"네가 그랬잖아. 부모가 따로 살면 자식이 불쌍하다고. 그 이야기 듣고 갑자기 화가 나는 거야. 꼭 나한테 직접적으로 불쌍하다고 말하는 것 같아서. 괜히 내가 오버했지 뭐."

효림이는 부모님이 5년 전에 이혼하셨고 지금은 아빠와 동생들과 살고 있다고 이야기해 주었다.

"너한테 일방적으로 화낸 것 같아서 미안했어. 근데 미안하다고 말하는 게 쉽지 않더라고. 그때 정말 미안했어."

효림이가 나를 쳐다보며 말했다. 뭐라고 말을 해야 할지 생각이 나지 않았다.

"여기 떡볶이 맵다. 그치?"

난 어색하게 단무지를 집어먹고 물만 마셨다.

막상 발표를 하려니 심하게 긴장되었다. 어제 밤늦게까지 발표 내용을 외우고 또 외웠는데 내용을 떠올려 보려고 하니 하나도 생각이 나지 않았다. 머릿속이 하얗게 변해 버렸다.

3조 발표가 끝났고 선생님이 우리 조를 호명했다.

난 독서신문을 들고 교탁 앞에 가서 섰다.

"4조 주제는 '십 대의 성과 사랑'이라고? 애들이 가장 좋아하겠네. 자, 시작해."

나는 심호흡을 한 번 크게 한 후 효림이를 쳐다보았다. 효림이가 입 모양으로 "파이팅"이라고 말해 주었다. 어젯밤에도 효림이는 "친절태민, 파이팅!"이라는 응원 메시지를 보내 주었다.

"먼저 저희 조원을 소개하겠습니다. 저희 모둠은 귀염윤지, 얼짱준범, 조종효림 그리고 저 친절태민입니다."

내가 조원 소개를 하자, 아니나 다를까 아이들이 "우우~" 하면서 야유를 보냈다. 하지만 반응이 나쁘지만은 않았다. 오히려 아이들을 집중시키는 효과가 있었다.

반 아이들이 모두 나를 보고 있다고 생각하자 긴장이 되는 한편 기운이 났다. 나는 연습한 대로 자연스럽게 발표를 했다. 중간 중간에 애드리브도 넣었다.

발표가 끝나자 반 아이들이 박수를 쳤다. 두 명의 아이들이 손을 들어 질문을 했다. 이 책 외에도 우리가 정한 주제와 관련된 다른 책이 있는가와 책이 실제 연애에 도움이 되느냐는 질문이었다. 미리 예상했던 질문이라 나는 술술 대답을 했다. 효림이와 준범이의 표정이 밝았다. 내 발표가 나쁘지 않은 것 같았다.

"4조 잘했어. 이제 그만 들어가도 돼."

독서신문을 들고 자리로 돌아왔다. 선생님이 다음 시간 발표에 대해 짧게 이야기를 한 후 수업을 끝냈다.

화장실에 가려고 교실 밖으로 나왔는데 복도에서 효림이와 마주쳤다.

"잘했어, 김태민."

효림이가 나를 보고 웃었다. 나도 효림이를 향해 살짝 미소를 지었다. 근데 내가 왜 이러지?

이상하게 가슴이 뛰었다.

3부

짝사랑

1

　아무리 생각해도 효림이와 가까워질 수 있는 방법이 뭔지 모르 겠다. 모둠 과제가 끝난 이후로는 좀처럼 효림이와 가까워질 기회 가 생기지 않았다. 우선 효림이와 내 자리는 약 3미터의 거리가 있 다. 난 1분단 뒷자리, 효림이는 3분단 중간이다. 나와 효림이 사이 에는 시커먼 남자애들과 말 많은 여자애들이 있다. 어떤 날은 같 은 교실 안에서 효림이와 마주치지 못할 때도 있다. 반면에 이영 재는 어떤가? 반장이라는 이유로 자연스럽게 학급 일을 핑계로 효 림이에게 가까이 다가가 말을 건다. 이럴 줄 알았으면 반장 선거 때 이영재를 뽑는 게 아닌데. 영재가 성실해 보여서 주저 없이 영 재에게 표를 던졌었는데 왜 국회의원 선거 때가 되면 투표의 중 요성을 강조하면서 순간의 선택이 4년을 좌우한다는 말을 하는지 알 것 같다.

"야, 넌 주랑 전혀 발전이 없는 거냐?"

석준이가 물었다. 주는 바로 주효림이다. 지난번 음악실에서 효림이와 단둘이 있던 날 이후로, 효림이 생각이 자주 나고, 효림이를 생각하면 기분이 좋아졌다. 난 우진이와 석준이에게 주효림을 좋아하는 것 같다고 말했다. 하지만 우진이는 왜 하필 '바늘'이냐고 했다. 우진이가 우리 반 여자애들에게 한 번씩 다 집적거렸지만 유일하게 집적거리지 않은 상대가 바로 효림이였다. 우진이는 효림이가 무섭다고 했고 석준이도 효림이는 별로라고 했다. 확실히 효림이는 남자들에게 인기가 없다. 하지만 난 그래도 효림이가 좋다. 효림이가 왜 좋은지 이유를 설명할 수는 없다. 그냥, 효림이가 좋다. 효림이랑 단둘이 만나 데이트도 하고 싶고, 손도 잡고 싶고, 또 키스도 하고 싶고······.

"야, 침. 근데 바늘은 절대 남친 같은 거 안 사귈걸."

우진이가 내 꿈을 산산조각 냈다. 하지만 석준이는 이 세상에 '절대'라는 건 없다고 말했다. 석준이가 '절대'가 뒤집혀진 역사 이야기를 하려던 찰나, 다행히 수업 시작종이 울렸다. 석준이가 내 편을 들어 주는 건 고맙지만 강의는 사양하고 싶다.

4교시 수업인 국어 선생님이 교실로 들어오는 것과 동시에, 교실 뒷문이 열리면서 효림이와 영재가 들어왔다. 둘은 다정하게 대화를 나누고 있었다.

"책 펴고 조용히 좀 해라. 선생님이 들어왔는데 계속 떠들면 어떻게 하냐?"

선생님의 말을 듣고 서랍에서 국어책을 꺼내 펼쳤다.

수업이 시작됐지만 선생님의 이야기가 귀에 잘 들어오지 않았다. 효림이와 영재는 어디를 갔던 걸까? 둘은 반장과 부반장이라 서로 함께할 시간도 많고 친할 것이다. 설마 둘이 사귀는 걸까? 둘이 사귄다면 분명히 소문이 났을 것이다. 아직까지 소문이 나지 않은 걸 보면 둘은 사귀는 관계는 아닌가 보다. 그런데 효림이와 영재는 같은 학원에 다닌다. 둘은 학교뿐 아니라 학원에서도 자주 만날 것이다. 나도 학원이나 다녀 볼까?

"김태민 군은 무슨 생각을 그리 골똘하게 하시나?"

고개를 올려다보니 선생님이 내 바로 앞에 서 있었다. 선생님이 다가오는지 전혀 몰랐다. 나는 아무 대답도 하지 못하고 선생님을 쳐다보았다.

"으이구, 이 녀석아. 집중해야지, 집중!"

선생님이 내 앞으로 다가왔고 난 최대한 몸을 뒤로 뺐다. 그러나 더는 갈 곳이 없었다. '공포의 볼 잡아당기기'를 당할 수밖에. 선생님이 양손으로 내 두 볼을 꼬집었다. 너무 아파 "아악!" 하고 소리를 지르자 아이들 몇 명이 웃는 소리가 들렸다. 선생님은 꽤 오래 내 볼을 잡은 채 놔 주지 않았다. 심지어 선생님은 내 볼을 꼬집은 상태에서 앞뒤로 흔들기까지 했다. 볼이 아픈 것보다 효림이가 보고 있을 거란 생각에 창피하다는 생각이 더 컸다. 제발 선생님이 얼른 놔 주기를 바랐지만 나의 바람은 처참히 무너졌다.

"괜찮냐?"

석준이가 급식을 먹으며 물었다.

"응."

삼십 분이 지났지만 아직까지 볼이 얼얼하다.

"아직도 빨개?"

"아니. 이제 괜찮아."

벌을 받고 난 직후는 볼이 아주 빨갰다. 아이들이 화장을 한 것 같다고 놀렸다. 반찬으로 나온 동그란 소시지에 손이 가지 않았다. 빨갛고 둥근 소시지가 꼭 내 볼 같았기 때문이다. 난 젓가락을 식탁 위에 내려놓았다.

"더 안 먹어?"

"응."

"왜? 너도 다이어트 하냐?"

우진이가 내 식판을 보면서 말했다. 다이어트 하는 석준이, 입이 짧은 우진이 그리고 입맛이 없는 나, 우리 셋의 식판은 모두 밥이 절반이나 남았다. 우리는 식판을 들고 일어섰다.

개수대에 식판을 갖다 놓는 길에 효림이와 얼굴을 마주쳤다. 효림이는 아직 밥을 먹고 있었다. 효림이에게 부은 볼을 보이고 싶지 않아 난 얼른 고개를 돌렸다.

"하여튼 여자애들은 밥을 너무 천천히 먹는다니까. 밥을 먹는 건지 수다를 떠는 건지."

우진이가 여자아이들을 쳐다보며 말했다. 남자아이들이 오 분도 안 되어 급식을 먹고 급식소를 나오는 것과 달리, 여자아이들은 점심시간의 대부분을 급식소에서 밥을 먹으며 보냈다.

"참, 침 너는 모르지? 여자친구가 있어야 알지."

우진이가 또 나를 무시했다. 모둠 과제 준비를 위해 효림이와 단둘이 떡볶이를 먹었을 때는 참 좋았는데. 우진이, 석준이와 떡볶이를 먹는 것과 확실히 틀렸다. 우진이, 석준이와 먹으면 떡볶이 '만' 먹는 게 되지만 효림과 먹으면 떡볶이'도' 먹는 게 된다.

책상에 앉아 노트에 낙서를 했다. 집에 돌아온 후, 혹시나 효림이가 메시지를 보내지 않을까 싶어 핸드폰을 책상 위에 두고 계속 쳐다보았다. 하지만 효림이는 말을 걸 생각을 안 한다. 내가 효림이와 유일하게 말할 수 있는 공간이 바로 메신저인데 정말 꽝이다. 요즘은 학교에서뿐만 아니라 집에서도 효림이 생각이 자꾸 난

다. 심지어 효림이가 없는 곳에서도 효림이의 목소리가 들리는 것도 같았다.

난 석준이에게 메시지를 보냈다.

> 민지랑 오늘 데이트 잘했냐?

도대체 석준이와 민지가 어떻게 사귀게 되었는지 모르겠다. 둘의 관계는 정말 미스터리다. 석준이와 민지가 같이 모둠 과제를 했던 것처럼 나도 효림이와 같이 모둠 과제를 했다. 하지만 석준이는 모둠 과제를 통해 민지와 사귀게 되었고 나는 여전히 관계 변화가 없다. 난 다시 석준이에게 문자를 보냈다.

> 너 지난번에 읽던 책, 그거 나 좀 빌려 줘

석준이와 나의 차이점은 책을 읽었느냐, 읽지 않았느냐뿐이다. 『연애론』인지 뭔지, 두껍더라도 연애만 할 수 있다면 나는 기꺼이 읽을 것이다. 하지만 석준이에게서 소용없다는 답문이 왔다. 난 잠이나 잘 생각으로 불을 끄고 침대에 누웠다.

막 잠이 들려는 참에 메시지 알람이 울렸다. 침대 맡에 있는 핸드폰을 들었다.

> 사랑은 수학이다.

석준이에게서 온 메시지였다. 난 무슨 말이냐고 답문을 보냈지만, 석준이는 'ㅎㅎ 낼 알려 주마.'라고 답을 보내 왔다.

수업이 끝난 후, 우진이에게도 같이 아이스크림을 먹으러 가자고 했다. 난 아이스크림을 사는 조건으로 석준이에게 연애 강의를 듣기로 했다.

"안 돼. 형님이 오늘 여친과 약속이 있으시단다."

우진이는 어깨에 잔뜩 힘을 주며 '여친'이란 단어를 강조하여 말했다.

"오늘이 바로 투투데이라고."

우진이가 양손으로 브이를 한 채 내 얼굴에 들이댔다. 오늘이 우진이가 여자친구를 사귄 지 22일째 되는 날임과 동시에 우진이마저 나를 버린 22일째 되는 날이다.

"짜잔! 이것 봐라."

우진이 가방에서 손바닥만 한 상자를 꺼냈다.

"이게 뭔데?"

"소정이 줄 선물이야."

우진이가 상자를 열어 우리에게 보여 주었다. 상자 속에는 헬로키티 모양으로 스와로브스키가 박힌 핸드폰 케이스가 들어 있었다.

"꽤 비싸 보이는데?"

"당연하지. 한 달 용돈 다 털어 산 거야. 소정이가 헬로키티 좋아하거든."

내가 만져 보려고 하니까, 우진이가 내 손목을 탁 쳐내며 때 타니까 만지지 말라고 했다.

"너 지난주에 걔 생일이라고 선물 사 주지 않았냐?"

"그건 그거고. 여친한테 이 정도는 해 줘야지."

옆에 있던 수창이가 우진이 팔을 잡으며 "내가 네 여친 하면 안 되겠냐? 나는 건담!"이라고 말했다가 우진이한테 한 대 얻어맞았다. 우진이가 상자를 닫은 후 다시 가방에 넣었다.

"그럼 난 이만 여친 만나러 간다."

우진이가 유유히 손을 흔들며 교실 바깥으로 나갔고, 나와 석준이도 가방을 챙겼다.

길을 걷는데 석준이가 핸드폰으로 무언가를 찾고 있었다. 뭐 하는지 슬쩍 보니, 우진이가 산 핸드폰 케이스의 가격을 검색하고 있었다.

"민지도 헬로키티 엄청 좋아하는데. 근데 이건 너무 비싸다."

최저 가격을 검색해 봐도 5만 원이 넘었다. 석준이가 주머니에 핸드폰을 넣으며 "돈으로 사랑을 사는 놈."이라고 우진이를 욕했다. 하지만 난 돈으로라도 사랑을 살 수 있는 우진이가 부럽기만 했다.

아이스크림 가게에 도착해 나는 석준이가 좋아하는 맛으로 세 가지를 골랐다. 아이스크림을 먹으면서 어떻게 하면 여친을 사귈 수 있느냐고 석준이에게 물었다.

"기다려. 다 먹고 이야기하자."

나는 석준이가 아이스크림을 다 먹을 때까지 기다렸다. 오늘따라 석준이가 더 천천히 아이스크림을 먹는 것 같았다.

아이스크림을 다 먹은 후, 석준이는 물 한 컵을 마셨다.

"사랑은 수학이랑 똑같아."

석준이가 잔뜩 폼을 잡으며 말했다. 난 그건 몇 번씩 말하지 않았느냐며 얼른 본론으로 들어가라고 소리쳤다.

"우연 같은 건 없어. 첫눈에 반해서 이루어지는 사랑은 없다는 말이야."

"왜? 이몽룡과 성춘향은 처음 만난 날 서로에게 뿅 가서 합방까지 했잖아."

내 물음에 석준이는 고개를 설레설레 저었다.

"이몽룡과 성춘향 이야기를 제대로 모르니까 그런 소리를 하지. 내가 춘향전 소설을 읽었는데 말이지."

석준이가 또 아는 척을 시작했다. 하지만 석준이 말을 막지는 않았다. 이몽룡과 성춘향의 이야기가 궁금했기 때문이다.

"춘향이는 이몽룡을 유혹하기 위해서 일부러 광한루에서 그네를 뛴 거야. 계획된 춘향이의 모습에 이몽룡이 반한 거고, 이몽룡이 춘향에게 오라고 했지만 춘향은 바로 안 가. 왜? 밀고 당기기, 즉 밀당을 하는 거지. 춘향이가 미니까, 몽룡이는 당연히 당길 수밖에 없지. 춘향이가 까칠하게 구니까 이몽룡이 더 안달이 나서 춘향이를 좋아하게 된 거야."

석준이의 지루한 강의가 이어졌다. 성춘향이 밀었든, 이몽룡이 밀었든 하나도 귀에 들어오지 않는다. 오로지 성춘향과 이몽룡이 밤에 무엇을 했을까가 궁금했다. 몽룡이 형님, 나보다 겨우 한 살 더 많았을 뿐인데 정말 대단하시다.

"됐고, 본론, 본론, 본론!"

난 더는 못 들어주겠어서 석준이의 말을 끊었다. 내가 끊지 않는다면 석준이는 이몽룡이 암행어사가 되어 출두하는 장면까지 말했을 것이다.

"남녀가 가까워지기 위해서는 아주 치밀한 계산이 필요해. 내가 민지랑 가까워지기 위해 얼마나 노력했는지 알아?"

석준이는 모둠 과제로 민지와 같은 조가 된 이후로, 일부러 민지에게 친절하게 대하지만은 않았다. 어쩔 때는 친절하게 대하다가, 또 어쩔 때는 싸늘하게 대했다. 이런 게 바로 밀고 당기기라며, 석준이는 잘 기억해 두라고 했다.

"무작정 여자애들한테 들이대면 안 돼. 물론 무조건 싸늘하게만 대해서도 안 되고."

"왜 그렇게 복잡해?"

"그래서 내가 연애가 수학 같다고 하는 거야. 싸늘함이 통하는 것은 어느 정도 내가 상대에게 괜찮은 사람, 친한 사람으로 인식될 때 가능하다고. 얘 좀 괜찮네, 근데 얘가 나한테 관심 있나? 싶을 때 차갑게 대하면, 상대가 이상하게 여기거든."

석준이는 마음과 다르게 민지를 보고 인사도 안 하고 지나친 적이 있다고 말했다. 석준이 이야기를 듣고 보니, 석준이가 바로 요즘 인기몰이를 하고 있는 '나쁜 남자'였다.

"그럼 나보고 효림이한테 차갑게 굴라는 거야?"

"아니지. 침, 너는 아직 그 단계가 아니야. 너희 둘은 모둠 과제 이후로 말도 잘 안 하고 있잖아. 지금 너는 효림이한테 '괜찮은 남자'로 보여야 할 때라고. 날 봐. 민지는 내가 아는 게 많아서 괜찮아 보였대. 너희들은 나를 구박할지 몰라도, 민지는 강의하듯 말하는 게 내 매력이라고 했다고."

석준이가 조목조목 설명했다. 어떤 방법을 써야 효림이에게 괜찮은 남자로 보일까? 난 석준이처럼 아는 게 많은 것도 아니고, 우진이처럼 선물을 많이 해 줄 형편도 아니다. 난 특별히 내세울 게 없다. 난 세상에서 가장 평범한 중학교 2학년이다. 성적도 보통, 얼굴도 보통, 성격도 보통, 난 뭐든지 다 보통이다.

"무슨 좋은 방법 없을까?"

"그건 네가 생각해 봐야지. 내가 그것까지 어떻게 아냐?"

석준이는 자기는 고기 잡는 방법을 가르쳐 줄 뿐이지, 고기까지 잡아 줄 수 없다고 했다.

"교수, 넌 가끔 아주 재수 없단 말이야."

난 '가끔'보다 '아주'를 더 강조하며 말했다.

"늘 좋기만 한 사람이 어디 있겠냐?"

석준이가 지지 않고 말했다. 반드시 효림이와 사귀어서 석준이의 코를 납작하게 만들고야 말 것이다.

2

체육복을 갈아입고 있는데 어디선가 향기로운 냄새가 났다. 우
진이한테서 나는 냄새였다. 난 우진이에게 다가가 코를 킁킁댔다.

"뭔 냄새냐?"

"향기 나?"

"응. 좋은 냄새 나. 방향제 뿌렸냐?"

우진이는 냄새가 아니라 향기라고 애써 정정했다.

"그거나 저거나."

"너처럼 여친 없는 애가 뭘 알겠냐. 여친 만날 때 향수는 기본이
거든."

우진이 녀석은 말끝마다 나를 '여친 없는 놈'으로, 자기를 '여친
있는 위인'이라고 불렀다. 어제 점심 급식을 먹는데 계속 '여친 없

176

는 놈'이라며 나를 무시했다. 순간 밥숟가락을 우진이에게 집어던지려다가 간신히 참았다. 숟가락을 집어던졌으면 우진이는 또 '여친 없는 놈'이 '여친 있는 귀하신 몸'을 때렸다고 난리칠 게 뻔하니까.

운동장으로 나가는 길에 효림이와 마주쳤다. 효림이는 다른 여자아이들과 함께 있었다. 남자아이들은 교실에서 체육복을 갈아입고, 여자아이들은 상담실에서 체육복을 갈아입는다. 난 효림이를 보고도 못 본 척했다. 사실 효림이에게 인사를 하고 싶었지만 다른 여자애들과 함께 있어 그럴 수 없었다.

체육 선생님은 남자아이들에게 축구공을, 여자아이들에게 배구공을 주며 각각 알아서 운동을 하라고 시켰다. 선생님은 교무실에서 처리할 일이 있다며 교무실로 들어가 버렸다.

남자아이들은 공을 받자마자 홀수, 짝수 번호로 팀을 나누었다. 우리는 바로 축구 경기에 돌입했다. 축구를 할 때면 우리는 모두 저마다 박지성이 된다.

축구를 하다 여자애들 쪽을 슬쩍 봤는데, 여자아이들은 공을 바닥에 그냥 놔두고 삼삼오오 모여 그늘에 앉아 있다. 효림이도 그 중에 있었다.

"야, 김태민."

같은 편인 준범이가 내 쪽을 향해 공을 찼다. 난 준범이에게 받은 공을 골대 앞까지 끌고 갔다. 슛을 할 절호의 기회라고 생각했지만 어느새 상대 팀인 이영재가 날다람쥐처럼 다가와 공을 뺏어 갔다. 하여간 영재 자식, 요즘 자꾸 눈에 거슬리는 행동만 골라 한다.

한참 축구를 하고 있는데 체육 선생님이 호루라기를 불면서 모이라고 했다. 체육 시간이 벌써 다 지나갔나 보다. 다른 수업도 체육 수업 같으면 얼마나 좋을까 싶다.

"너희들, 지난번에 3반이랑 축구 시합 했었지? 이번에는 농구 시합을 할 거다."

선생님은 다음 주 수요일 체육 시간에 우리 반과 3반의 농구 시합 있을 거라며, 알아서 선수 다섯 명을 선발하라고 했다. 경기에서 이기면, 선수로 뽑힌 학생 다섯 명에게는 체육 실기점수 가산점 1점도 줄 거라고 했다.

"이번에도 3반 확 눌러 버리자!"

"오케이! 축구에 이어 농구도 지면 걔네 죽을 맛일 거다."

시합이란 말에 우리는 신이 났다. 우리는 이번 농구 경기에서 이겨 담임선생님에게 큰소리치자고 했다. 우리 반 담임선생님과 3반 담임선생님은 비슷한 나이의 여자 선생님으로 친하면서도 라이벌 관계다. 그런데 3반이 우리보다 1학기 중간고사를 더 잘 봤다. 선생님은 다른 반에게는 다 져도 좋으니, 기말고사에서 제발

3반만은 이겨 달라고 신신당부를 했다.

교실로 돌아와 옷을 갈아입고 있는데 이영재가 교탁 앞에 서서 종례 시간에 선수를 뽑을 거라고 했다.

"침, 너 나가 봐."

어느새 교복으로 갈아입은 석준이가 의자에 앉으며 말했다. 우진이는 체육복을 갈아입지도 않고, 목이 마르다며 매점으로 뛰어갔다.

"나?"

"응. 너 농구 잘하잖아."

"글쎄."

우리 반 남학생이 20명이지만 농구 경기에 나가는 건 다섯 명뿐이다. 우리 반에는 나보다 키가 크고 농구를 잘하는 애들이 많다.

"침, 컴 온 컴 온."

석준이가 손가락을 까딱거리며 내게 가까이 오라는 신호를 보냈다.

"지난번 3반이랑 축구 경기 끝나고 여자애들이 민석이한테 호감 보인 거 알지?"

석준이는 다른 아이들이 듣지 못하도록 목소리를 낮추어 말했다. 기억난다. 1:1 상황에서 운동을 잘하는 민석이가 골을 넣어 우리 반이 이겼고 민석이는 그 일로 한동안 여자애들 사이에서 인기

남으로 군림했었다.

"이번이 기회라고. 네가 멋진 활약을 보이면 효림이가 너를 안 좋아하겠냐?"

석준이는 책에서 봤다며, 여자들이 땀 흘리는 남자에게 매력을 느낀다고 했다. 원시시대에 남자가 사냥을 하였고 사냥을 잘한 남자가 여자들한테 인기가 좋았다며 뭐라고 설명을 했지만, 어려워서, 또 너무 길어서 난 한 귀로 듣고 한 귀로 흘려버렸다.

청소가 끝나고 종례 시간이 되었다. 담임선생님은 제일 먼저 3반과의 농구 시합 이야기를 꺼냈다. 이번 경기에서 이기면 선생님이 우리 반 모두에게 피자를 사 주겠다고 했다.

"너희들이 선수 추천해."

선생님의 말이 끝나자마자 가장 먼저 민석이가 추천되었다. 그 다음으로 키가 큰 준범이와 성재, 시준이가 차례대로 추천을 받았다.

"한 사람만 더 뽑으면 되겠다. 추천해도 좋고, 내가 아니면 안 되겠다 하는 사람은 자기 추천해도 돼."

선생님의 자기 추천이라는 말에 아이들이 웃었다. 나도 경기에 나가고 싶었다. 하지만 아무도 나를 추천해 주지 않았다. 자기 추천은 왠지 부끄러웠다.

"선생님."

수창이와 석준이가 동시에 손을 들어 선생님을 불렀다. 난 고개를 돌려 석준이를 쳐다보았다. 석준이가 나를 보고 눈을 찡긋했다. 역시 석준이는 내 구세주다.

선생님은 먼저 앞쪽에 있는 수창이에게 누굴 추천하고 싶은지 물었다. 수창이는 이영재를 추천했다.

"그래? 그럼 석준이는?"

"전 김태민이요. 태민이가 슛 정확도가 꽤 높거든요."

선수는 다섯 명인데 총 여섯 명이 추천되었다. 수창이보다 석준이가 조금만 먼저 손을 들었더라도 곤란한 상황은 연출되지 않았을 텐데. 석준이를 원망하는 건 물에 빠진 사람 구해 놨더니 보따리 내놓으라는 것과 다를 게 없을 테지만, 도와주려면 진작 나를 추천해 주지. 석준이가 약간, 사실은 많이 원망스러웠다.

"그럼 어쩌지? 영재랑 태민이 중에 한 명만 나갈 수 있는데."

이영재와 나는 키도, 농구 실력도 비슷했다. 이 상황에서 어떻게 해야 하지? 제가 양보하겠습니다, 라고 말하는 게 좋을까? 그게 더 멋있어 보이려나? 하지만 농구 시합에서 이겨 효림이에게 잘 보이고 싶었다. 어떻게 해야 할까 고민하고 있는데, 이영재가 손을 들었다.

"선생님, 후보도 한 명 필요하잖아요. 제가 후보 할게요."

"그래. 그러면 되겠구나. 그럼 영재가 후보하고, 민석이, 준범이, 성재, 시준이, 태민이 이렇게 다섯 명이 나가면 되겠다."

선생님은 다음 주 농구 시합을 기다리겠다는 말을 하고 종례를 끝마쳤다. 선수로 뽑힌 건 좋았지만 왠지 찝찝했다. 쿨한 모습을 보이지 못하고 마치 내가 체육 실기 점수에 연연하는 쫀쫀한 영감이 된 것 같았다.

"이영재 자식, 뭐냐?"

교실을 나서면서 우진이가 말했다. 우진이 눈에도 이영재가 멋있게 보였나 보다.

"야, 신경 쓰지 마. 넌 다음 주 시합 때 잘하기만 하면 돼."

석준이가 내게 어깨동무를 하며 말했다. 날 일찍 추천하지 않은 석준이를 용서해야겠다.

우진이와 석준이에게 농구를 하러 가자는 메시지를 보냈다. 농구 시합에 나가는 아이들과 함께 농구를 하고 싶었지만 일요일까지 만나자고 할 수 없었다. 다른 아이들은 나처럼 농구 경기에 집착하지 않았다. 곧바로 우진이와 석준이가 좋다고 답문을 보내 왔다. 난 학교 운동장에서 십 분 뒤에 만나자고 했다.

운동장에 먼저 도착해 농구를 하고 있는데 우진이와 석준이가 차례차례 나타났다. 운동장에 농구를 하기 위해 온 아이들이 우리

셋밖에 없었다. 석준이는 벤치에 앉아 쉬겠다며, 나와 우진이 둘이서 일대일로 농구를 하라고 했다.

먼저 공을 잡은 우진이가 재빠르게 골밑으로 가서 골대를 향해 공을 던졌다. 하지만 골대에 들어가지 않았다. 난 떨어진 공을 잡아채 드리블하여 골대에 던졌다. 연습이 효과를 발휘하는지 보기 좋게 쏙 들어갔다.

23:17점으로 내가 우진이를 이겼다. 기분이 좋아 농구공을 팅기며 석준이가 앉아 있는 벤치로 향했다. 그런데 석준이 어깨가 축 늘어져 있었다.

"야, 너 왜 그래?"

가까이에서 석준이 얼굴을 보니, 얼굴색도 좋지 않았다.

"엄마한테 또 혼났냐?"

"아냐."

석준이가 벤치에서 일어섰다. 석준이는 내가 들고 있던 농구공을 뺏은 후 땅 위에 대고 쿵쿵 쳤다. 그러더니 공을 바닥에 힘껏 던졌다. 바닥에 세게 떨어진 공은 그 힘에 의해 하늘 높이 치솟은 후 다시 떨어졌다. 공이 떼굴떼굴 굴러가자 우진이가 공을 주우러 달려갔다.

"야, 왜 그러냐니까?"

난 다시 석준이에게 물었다. 하지만 석준이는 대답 대신 바닥에 털퍼덕 주저앉았다.

"너, 민지랑 싸웠지?"

석준이가 놀란 표정을 하고 고개를 올려 나를 쳐다보았다.

"어떻게 알았어?"

"뻔하지 뭐."

석준이는 민지와 사이가 좋지 않을 때면 지구가 멸망한 것처럼 우울해 한다.

난 석준이를 따라 바닥에 앉았고, 공을 갖고 돌아온 우진이도 공을 바닥에 내려놓은 후 앉았다. 난 우진이에게 석준이가 민지랑 싸웠다는 이야기를 해 주었다. 그러자 우진이는 왜 싸웠냐고 석준이에게 캐물었다.

"어제 민지랑 영화관에 갔거든. 그런데 거기서 초등학교 동창을 만난 거야. 너, 서현이 알지? 우리 6학년 때 같은 반이었잖아."

석준이가 우진이에게 묻자 우진이는 고개를 끄덕였다. 묻지도 않았는데 우진이는 서현이란 애는 신라여중에 다닌다는 말을 해 주었다.

"초등학교 졸업하고 처음 만난 거라서 인사하고 헤어졌는데 민지가 토라져서 영화도 안 보고 집에 가겠다는 거야."

"왜?"

"나도 몰라."

석준이도 이유를 몰라 답답하다고 했다.

"너, 민지 앞에서 개랑 친한 척했냐?"

"몰라. 그랬나?"

"둘이 인사만 했어?"

"개가 반창회 할 때 필요하다며 내 전화번호 물어봐서 알려
줬어."

"그게 다야?"

"응."

석준이는 민지한테 문자를 보냈는데 답문도 없고 전화도 받지
않는다고 했다.

"아무래도 네가 싫증난 게 아닐까? 네가 좋다고 따라다녀서 만
났는데, 아무래도 재미가 없는 거지. 여자애들은 나처럼 재밌는 남
자를 좋아하거든."

우진이는 석준이에게 이제 헤어질 때가 된 것 같다고 말했다.
하지만 석준이는 그 전까지는 민지가 괜찮았다고 했다.

"그럼 도대체 왜 그러지?"

"나도 몰라. 답답해 죽겠다니까?"

석준이가 한숨을 푹 쉬었다.

"다른 일은 없었고?"

"다른 일?"

석준이는 잠시 생각을 하더니, 서현이와 헤어진 후 민지가 서현이가 누군지 물었다고 했다. 석준이는 초등학교 동창이라고 소개했고, 민지는 석준이에게 서현이가 공부 잘하냐고 물었다. 그래서 석준이는 서현이가 신라여중 전교 1등이라는 말을 했다.

"그것 때문이 아닐까?"

"뭐가?"

난 민지가 서현이란 애에게 비교당하는 기분이 들었을 것 같다고 이야기했다. 하지만 석준이는 말도 안 된다고 했다.

"그게 왜 기분 나빠? 난 민지가 물어서 그냥 대답한 것뿐이라고."

"그래. 그리고 서현이는 정말 딱 봐도 공부 잘하겠다는 게 느껴지게 생겼어. 민지도 그러니까 물었겠지."

우진이가 옆에서 석준이를 거들었다. 난 석준이에게 민지가 서현이 때문에 삐친 게 분명하다고 말했다. 하지만 석준이와 우진이는 내 말을 이해하지 못했다.

"여친도 없는 놈이 뭘 안다고 그러냐?"

우진이가 또 깐족거렸다. 정말 한 대 때려 주고 싶은 걸 간신히, 또 간신히 참았다.

석준이는 민지가 왜 삐쳤는지 모르겠다며, 여자의 마음을 아는 건 너무 어렵다고 푸념했다.

"민지랑 있으면 가끔 퍼즐을 푸는 기분이 들어."

"난 소정이랑 있으면 시험 보는 거 같은데. 어떤 날은 내가 재밌다고 막 웃어. 근데 또 어떤 날은 하나도 안 웃어. 소정이가 웃으면 합격한 것 같고 안 웃으면 불합격 통보를 받은 거 같다고."

석준이와 우진이가 진지하게 대화를 했다. 둘의 진지한 모습은 처음 본다.

"근데 소정이가 얼마나 귀여운 줄 아냐? 나한테 오빠, 오빠 그러면서 눈 깜박일 땐 나 완전 미치겠다니까."

"민지도 귀여워. 민지는 예쁘기만 한 게 아니라고. 걔가 너무 예뻐서 귀여운 게 가려지는 거야."

갑자기 석준이와 우진이 사이에 여친 자랑 배틀이 벌어졌다.

"야, 그만들 떠들고 농구나 해!"

난 우진이와 석준이 사이로 농구공을 던졌다.

농구가 끝나고, 난 우진이와 석준이에게 저녁을 먹으러 가자고 했다.

"나, 민지 만나러 가야 해. 민지 삐친 거 풀어 줘야지."

석준이가 미안하다고 했다. 난 우진이를 쳐다보았다.

"안 돼. 나도 소정이 만나기로 했어."

석준이와 우진이가 나를 두고 가 버렸다. 이거 원, 여친 없는 친구를 새로 만들어야 하나 고민이다. 셋이 있을 때도 석준이와 우진이는 각자 여친과 메신저로 대화하기 바쁘다. 나 혼자 멀뚱하게 둘을 쳐다보고 있거나 게임을 하는 수밖에 없다.

효림이는 지금 뭐 하고 있을까? 나도 우진이나 석준이처럼 효림이를 만나 같이 저녁을 먹고 싶다. 지난번에 같이 떡볶이 먹었을 때 무척 재밌었다. 효림이랑 같이 밥을 먹게 되면 이것저것 물어보고 싶다. 효림이는 무슨 음식을 좋아할까? 나처럼 피자, 스파게티를 좋아할까? 좋아하는 가수는 누구지? 난 발라드가 좋은데. 집에 혼자 있을 때는 뭐 하고 놀까? 효림이에 대해 궁금한 게 줄줄이 떠올랐다. 효림이에 대한 건 뭐든지 다 알고 싶다.

집까지 농구공을 튕기며 돌아왔다. 집에 와 보니, 지민 누나가 거실 소파에 널브러져 텔레비전을 보고 있었다.

"엄마랑 아빠는?"

"모임 갔어."

"아민 누나는?"

"걘 독서실."

난 누나가 냄새난다고 뭐라고 할까 봐 욕실 쪽으로 걸어갔다. 그런데 누나가 나를 불렀다.

"야, 이리 와 봐."

"왜?"

"이 자식이. 누나가 오라면 오지. 뭔 말대꾸야?"

누나의 기분이 별로 좋아 보이지 않았다.

"운동하고 와서 땀 냄새난단 말이야. 누나 냄새난다고 화낼 거 잖아."

"그럼 저기 앉아."

누나가 거실 한중간을 가리키며 거기에 앉아 보라고 했다. 난 누나가 가리키는 위치에 앉았다.

"나 우울해."

누나가 한숨을 푹푹 쉬며 말했다.

"왜?"

"내가 윤봉길 의사보다 누나야."

"뭔 소리야? 윤봉길이 누군데?"

"이 멍청아. 도시락 폭탄 몰라?"

"알아. 근데 왜?"

"내가 방금 도서관에 갔다 왔는데 거기에서 윤봉길 의사 사진 을 봤어."

"도서관에 왜 윤봉길 의사 사진이 붙어 있어?"

"그게 지금 뭐가 중요해?"

누나는 그렇게 말하면서도 윤봉길 의사가 6월의 호국 인물이라 는 말을 해 주었다. 도서관 입구에 매달 호국 인물 사진이 걸려 있 던 게 얼핏 생각났다.

"윤봉길 의사 나이가 스물네 살인 거야. 나보다 한 살 적은 거 있지? 나보다 어린 윤봉길 의사는 나라를 구하려 목숨을 바쳤는데, 나는 이게 뭐냐?"

윤봉길 의사가 그렇게 젊은 나이에 그런 일을 했는 줄 몰랐다. 훌륭한 인물이라고 해서 나이가 꽤 많을 줄 알았는데, 지민 누나보다 더 어리다니 조금 놀랍긴 하다. 누나는 혼잣말로 계속 "우울해, 우울해."를 연발했다. 누나가 조금 불쌍해 보였다. 대학을 졸업했는데 취업도 못 하고 얼마나 우울할까? 빨리 어른이 되어서 하고 싶은 일 맘껏 하고 싶다고 생각했는데 누나를 보면 어른이 되는 게 꼭 좋은 일만은 아닌 것 같다.

"누나, 아민 누나도 유관순보다 나이가 더 많아."

"그래?"

"응. 유관순은 열여덟 살에 3 · 1 운동 했을걸."

"그런가?"

"누나만 쓸모없는 거 아니라고."

"그런 것도 같다."

누나는 나의 같잖은 위로에 조금 기운을 차리는 것 같았다. 누나가 불쌍하기도 했지만 또 한심해 보이기도 했다. "누나, 도대체 커서 뭐가 되려고 그래?"라는 말이 목구멍까지 올라왔지만 내뱉지 않았다. 누나는 이미 커 버렸으니까.

나는 우울해하는 누나를 두고 욕실로 들어왔다. 농구를 열심히 해서 그런지 배가 많이 고팠다. 누나에게 저녁으로 피자를 시켜 달라고 졸라야겠다. 내가 위로를 해 줬으니 기꺼이 피자를 사 줄 것이다.

피자를 먹을 생각에 룰루랄라 샤워를 하고 있는데 누나가 빨리 나오라고 욕실 문을 발로 쾅쾅 찼다. 옷만 입으면 되니까 기다리라고 소리쳤는데 누나는 팬티만 입고 얼른 나오라고 했다. 할 수 없이 팬티만 입고 욕실에서 나왔다. 화장실이 급한 줄 알았는데 알고 보니 머리를 감으려는 것이었다.

"어디 나가?"

누나는 외출할 일이 있을 때만 머리를 감는다.

"나 이한이 만나러 갈 거야."

누나는 언제 우울했냐는 듯한 얼굴을 하고 있었다. 곧 죽을 것처럼 굴더니만 남자친구를 만나러 간다고 싱글벙글이다.

"그럼 나 저녁은?"

"네가 알아서 차려 먹어."

이런, 피자는 물 건너갔다. 난 짜증난다고 소리 지르고 방으로 들어왔다. 정말 '여친 없는 놈' 서러워서 못 살겠다.

3

시합 당일, 아주 화창했다. 햇볕이 강하게 내리쬐었지만, 기분
좋을 만큼 살랑살랑 바람이 불었다. 체육복을 갈아입은 후 신발장
에서 농구화를 꺼냈다.

"자식, 기합이 잔뜩 들어갔는데?"

우진이와 석준이가 내 어깨에 팔을 두르며 말했다. 난 대답 대
신 미소를 지어 보였다.

운동장에는 3반 아이들이 먼저 나와 있었다. 체육 선생님은 농
구 골대가 있는 쪽으로 모이라고 하였고 우리는 선생님의 지시대
로 농구대 쪽으로 갔다.

체육 선생님이 주의사항을 설명하고 있는데 우리 쪽으로 3반
담임과 우리 반 담임선생님이 걸어오고 있었다. 선생님은 이번 시

간에 수업이 없다며, 우리를 응원하러 온다고 했다.

"경기는 십오 분씩 2쿼터로 치러진다. 중간에 작전타임은 없고 1쿼터 끝난 후 오 분 정도 쉴 거야. 그럼 선수들 나와 봐."

난 선수로 선발된 다른 아이들과 함께 한 발짝 앞으로 나왔다. 담임선생님은 우리 다섯 명의 어깨를 한 번씩 두드리며 잘하라는 말을 해 주었다. 등 뒤에서 우리 반 아이들이 "4반 드림 팀 파이팅!"이라고 외치는 소리가 들렸다.

농구 코트 안으로 들어섰다. 우리 반은 키가 가장 큰 준범이가, 3반 역시 선수 중에 가장 큰 남자애가 중앙에 섰다. 체육 선생님이 농구공을 하늘 높이 던지자, 동시에 준범이와 3반 남자애가 점프를 했다. 둘이 비슷한 높이로 뛰어올랐지만 준범이 손이 먼저 공에 닿았다.

준범이가 우리 쪽으로 공을 보냈다. 바닥으로 떨어진 공을 성재가 잡았고, 성재는 공을 민석이에게 넘겼다. 민석이가 골 밑으로 달려가 슛을 쐈다. 공이 골대 안으로 깔끔하게 들어갔다. 2:0. 우리 반 아이들의 함성 소리가 들렸다.

이번에는 3반이 공을 잡았다. 공을 잡은 아이가 재빠르게 자기 쪽 골대로 달려갔다. 준범이가 그 아이에게 달라붙어 막아섰지만 그 아이는 자기 팀 아이에게 공을 던졌다. 하지만 민석이가 그 공을 가로챘고 또다시 3반이 그 공을 가로챘다. 준범이가 공을 잡고 있는 아이를 막아서서 그 아이의 공을 리바운드하여 나에게 던졌다. 난 공을 잡고 우리 쪽 골대를 향해 갔다. 내 앞을 상대 팀 두 명이 막아섰다. 난 공을 잡고 뒤 쪽으로 몸을 돌려 피한 다음, 그 공을 골대 근처에 있는 성재에게 주었다. 성재가 슛을 쐈지만 이번에는 골대에 맞고 튕겨 나왔다.

엎치락뒤치락하며 경기가 진행되었다. 경기가 진행될수록 선수들은 더 과격해졌다. 몸싸움이 생겨 체육 선생님이 코트 안으로 들어와 경기를 제지했다.

3반 아이가 넣은 공이 골대로 들어갔다. 점수가 14:15가 되었다. 3반이 우리 반보다 1점 더 점수가 앞섰다. 상대 팀 코트에 있던 공을 민석이가 우리 쪽으로 가져왔다. 성재와 시준이를 거쳐 골대 아래 있던 내게 공이 왔다. 처음으로 슛을 쏠 기회가 생겼다. 나를 가로막는 상대는 없었다. 공을 바닥에 두 번 튕긴 후, 두 손으로 잡고 점프를 하였다. 점프를 하는 동시에 오른손 손목에 스냅을 주었다. 공이 포물선 모양을 그리며 골대 쪽으로 날아갔다. 제발, 제발.

"와아!"

공이 골대에 들어갔고 우리 반 아이들이 함성을 질렀다. 준범이와 민석이가 내게 와서 하이파이브를 했다.

"삐익~"

1쿼터가 종료되었다. 16:15로 우리가 1점 앞섰다.

"김태민, 완전 멋진데?"

"아주 잘했어!"

우리 반 아이들이 모두 나에게 한마디씩 했다. 담임선생님도 내 머리를 쓰다듬으며 잘했다고 칭찬해 주었다. 효림이를 쳐다보니 효림이 역시 박수를 치고 있었다. 경기 내내 슛을 쏠 기회가 없어 아쉬웠는데 마지막에 내가 쏜 슛으로 인해 역전을 했다.

"자, 마셔."

효림이가 나에게 물병을 내밀었다. 난 고맙다는 말을 했다. 물론 나에게만 물병을 건넨 건 아니었다. 반장인 이영재와 함께 부반장 효림이가 선수 다섯 명에게 물을 주었다. 그래도 이영재가 아닌 효림이에게 직접 물을 건네받아 기분이 좋았다.

물을 마시고 있는데 준범이가 선수들에게 모이라고 했다.

"3반에 연두색 운동화, 쟤한테 공이 가면 무조건 두세 명씩 달라붙어."

우리는 동의의 고갯짓을 했다. 3반 연두색은 혼자 네 골이나 넣었다.

"그리고 성재는 공격 말고 수비를 맡아. 골 결정력은 태민이가 가장 좋은 거 같으니까, 태민이가 골 근처에 있으면 태민이한테 공을 보내."

준범이 말에 아이들이 모두 알겠다고 고개를 끄덕였다. 내가 꼭 에이스가 된 것 같았다.

잠시 후, 2쿼터가 시작되었다. 이번에는 3반이 공을 가져갔다. 쉬는 시간 동안 무슨 일이 있었는지 3반 아이들은 에너지가 넘쳤다. 우리가 공을 잡으면 어떻게든 뺏어갔고 공 점유율이 월등하게 3반 쪽이 높았다. 하지만 3반은 계속 연두색에게 공을 주었고 우리 쪽의 수비가 막강해 연두색은 번번이 슛을 쏘지 못하고 막혔다.

우리의 계획을 눈치챈 3반은 연두색이 아닌 다른 아이에게 공을 주었다. 그 아이는 연두색만큼 골 결정력이 높진 않았지만 두 번을 던지면 한 번은 성공했다. 24:25로 3반이 역전했다. 하지만 절대 이대로 질 수 없었다.

준범이가 3반의 공을 리바운드하여 나에게 던졌다.

"김태민 파이팅!"

많은 아이들의 응원 목소리 가운데 효림이 목소리가 똑똑하게 들렸다. 다른 아이들의 목소리는 자동으로 음소거 처리되었다. 효림이가 나를 응원하고 있다! 나는 더욱 빠르게 드리블을 하며 우리 쪽 농구 골대로 뛰어갔다. 다시 한 번 전세를 우리 쪽으로 역전시킬 좋은 기회다. 내 앞에 상대 팀이 막아서고 있었고 난 그 아이를 피해 왼쪽으로 몸을 틀어 골대 쪽을 향해 달렸다. 그런데 이번에는 다른 아이가 또 나를 막아섰다. 오른쪽으로 가려고 발을 돌리려는 순간, 내 왼쪽 발이 오른쪽 발에 걸렸다. 몸이 휘청거리는 순간, 상대 팀 남자애가 내게서 공을 빼앗으려고 내 쪽으로 달려왔다. 그 아이의 오른팔이 내 왼팔을 툭 하고 치면서 나는 바닥으로 미끄러졌다.

"아악!"

내가 갖고 있던 공을 채가려던 상대 팀 남자애가 내 몸 위로 쓰러졌다. 그 아이의 무게로 인해 나는 슬라이딩하듯 쭈욱 앞으로 밀려 나갔다.

체육 선생님이 경기를 중단시키고 경기장 안으로 들어왔다.

"김태민, 괜찮아?"

내 위에 깔렸던 상대 팀 남자애가 내 손을 잡아 일으켜 주었다. 그런데 무릎이 너무 쓰라렸다.

"야, 너 피나."

민석이 말에 무릎을 쳐다보았다. 체육복 오른쪽 무릎 위에 피가 묻어 있었다. 괜찮다고 말하고 걸으려고 했지만 오른쪽 무릎이 심하게 아팠다.

"안되겠다. 4반 누가 나와서 김태민 데리고 보건실에 가."

석준이가 경기장 안으로 들어와 나를 부축했다. 나는 석준이를 따라 경기장 밖으로 나왔고, 담임선생님이 다가와 괜찮으냐고 물었다.

체육 선생님이 나 대신 뛸 사람 없냐고 묻자, 우리 반 아이들이 이영재의 이름을 말했다. 후보 선수였던 이영재가 나 대신 경기를 하러 들어갔다.

석준이 부축을 받아 보건실 쪽을 향해 걸어갔다. 고개를 돌렸지만 나를 보는 아이들은 아무도 없었다. 아이들은 모두 경기에 집중해 있었다.

보건실에 도착해 의자에 앉았다. 체육복 바지를 무릎 위로 걷어 올리라는 선생님 말씀에 난 체육복을 위쪽으로 올렸다. 그런데 체육복이 피가 난 무릎에 붙어 버렸는지, 체육복을 무릎 위에서 떼자 무릎이 엄청 쓰라렸다.

"세상에. 이게 뭐니?"

양호 선생님이 내 무릎 상태를 보고 놀라며 소리쳤다. 무릎이 완전히 으깨졌다고 해도 좋을 정도로 까졌고 피가 많이 났다. 내 무릎을 보니까 나도 인상이 다 찌푸려졌다. 선생님이 소독약을 내 무릎에 뿌렸다. 으악, 너무나 따가웠다.

"가만히 있어. 깨끗하게 소독하고 약 발라야 해. 이거 소독약 발라서는 되지도 않겠다."

소독약이 무릎 위에서 뚝뚝 떨어졌다. 선생님은 소독약을 바른 무릎을 솜으로 닦아 준 후, 그 위에 연고를 꼼꼼하게 발라 주었다.

"다리 좀 움직여 봐."

난 오른쪽 무릎을 앞뒤로 구부렸다. 무릎을 움직일수록 상처가 쓰라려 너무 아팠다.

"뼈는 괜찮은 것 같아?"

"네."

"다른 데는 다친 곳 없고? 왼쪽도 한번 걷어 올려 봐."

다행히 왼쪽 무릎은 살짝 까지기만 했을 뿐 피는 나지 않았다. 하지만 선생님은 왼쪽 무릎에도 연고를 발라 주었다.

"얼굴도 다쳤네."

생각해 보니 넘어질 때 얼굴도 바닥에 긁혔다. 선생님이 얼굴에 반창고를 붙여 주었다. 방수 반창고라 세수할 때도 물이 들어가지 않을 거라고 했다.

"병원에는 안 가 봐도 될까요?"

석준이가 나 대신 보건 선생님에게 물었다. 보건 선생님은 그 정도는 아닌 것 같다며, 대신 집에 가서 소독을 자주 하고 약도 잘 발라야 한다고 주의를 주었다.

상처를 치료하고 보건실에서 쉬고 있는데 수업이 끝났음을 알리는 종이 울렸다. 선생님은 교육청에 출장 갈 일이 있다며 나에게 조금 더 쉬다 가고 싶으면 가라고 열쇠를 주고 가셨다.

선생님이 나가고 얼마 지나지 않아 다시 보건실 문이 열렸다.

우진이가 보건실 문을 열고 들어왔다.

"야, 괜찮아?"

우진이가 내 무릎을 보고 엄청 아프겠다며 호들갑을 떨었다. 자기도 유치원 때 넘어져 생긴 흉터가 아직도 무릎에 있다며, 보여 달라고 하지도 않았는데 체육복을 걷어 올려 내게 보여 주었다.

"너 아까 엄청 세게 넘어지긴 하더라."

우진이가 피범벅이 된 내 무릎을 보고 고개를 설레설레 저었다.

"말도 마. 창피해서 죽을 것 같아."

난 애써 무릎을 쳐다보지 않고 말했다. 무릎을 다친 건 둘째 치고, 아까 상황이 너무 창피하다. 거기서 넘어질 게 뭐람.

"야, 창피하다고 죽을 리는 없어."

"진짜 죽을 것 같아."

"걱정 말라니까. 창피해서 죽었다는 사람 아직까지 한 번도 못 봤어."

우진이는 위로 같지도 않은 위로를 내게 해 주었다.

"너, 내 친구 맞냐?"

"당연하지. 왜?"

"아니다. 됐어."

우진이와 더 말을 해 봐야 내 입만 아프다.

"근데 경기는 어떻게 됐어?"

"경기? 우와. 정말 장난 아니었어."

우진이가 의자에서 벌떡 일어나더니 방방 뛰었다.

"왜?"

"너 나가고, 계속 3반이 공을 잡는 거야. 그런데 이영재가 다 막고 세 골이나 넣었어. 그래서 우리 반이 35:32로 이겼어. 우리 반 완전 경사 났어. 담임선생님도 엄청 신났고. 이따 수업 끝나고 피자 사 주신대."

"그래?"

난 심드렁하게 되물었다.

"이영재 자식 좀 별로긴 하지만 오늘 완전 멋졌다니깐."

우진이는 이영재가 경기장에서 날아다닌 활약상을 들려주었다. 옆에서 석준이는 "걔는 중간에 들어왔으니까 힘이 남아돌아서 그렇지."라고 말했다. 하지만 조금도 위로가 되지 않았다. 어쩌면 우리 반 아이들은 내가 넘어진 걸 다행이라고 생각할지도 모르겠다. 내가 넘어지지 않는다면 이영재가 경기를 뛸 수 없었을 테니 말이다. 반 아이들은 얼마나 신이 났을까? 그리고 이영재는 얼마나 멋진 놈이 되어 있을까?

나 없는 우승, 나 없는 영광. 나만 빼고 다들 기분이 좋을 것이다. 나도 모르게 눈물이 주르륵 흘렀다.

"야, 너 우냐?"

우진이가 내 얼굴 가까이 제 얼굴을 들이대며 물었다. 난 얼른 손으로 눈물을 닦았다.

"아파서 그래. 아파서."

"도대체 얼마나 아픈데 그래?"

"엄청 아파. 엄청."

쉬는 시간이 끝났지만 나는 머리도 아프다며 보건실에서 한 시간 더 쉬겠다고 했다. 우진이와 석준이는 이따 보자는 말을 하고는 보건실 문을 열고 나갔다.

침대에 누웠다. 다 별로다. 모든 게 엉망진창이다. 침대에 바로 눕기 위해 몸을 움직였다. 무릎을 살짝 움직였을 뿐인데도 통증이 다리 끝까지 미쳤다.

아프다. 무릎도 아프고, 이 상황도 너무 아프다.

4

집안 분위기가 이상하다. 아민 누나를 제외하고 일찍 퇴근한 아빠와 엄마, 지민 누나, 나는 오랜만에 다 같이 저녁을 먹었다. 그런데 엄마도, 지민 누나도 밥을 먹으면서 별다른 말을 하지 않았다. 아빠와 나는 원래 말없이 밥을 먹는다. 하지만 엄마와 누나는 조용히 밥만 먹지 않는다. 밥을 먹는 건지 수다를 떠는 건지 모를 정도로 밥을 먹으면서 말을 많이 한다.

가장 먼저 식사를 끝낸 아빠가 식탁에서 일어섰다.

"엄마, 무슨 일 있어?"

엄마의 표정이 별로 좋아 보이지 않았다. 외할머니가 어디 편찮으신가?

"아무것도 아니야. 국 더 줘?"

"아냐. 다 먹었어."

내가 먹은 그릇을 개수대에 갖다 놓았다.

방으로 돌아와 침대에 누웠다. 도대체 무슨 일이지? 요 며칠 엄마가 좀 이상하긴 했다. 내가 텔레비전을 오래 보고 있어도 그만 보라고 잔소리를 하지 않았고, 컴퓨터 게임 많이 한다고 혼내지도 않았다.

침대에 누워 핸드폰을 만지작거리고 있는데, 엄마가 문을 열고 들어왔다.

"태민아, 아빠랑 엄마 잠깐 나갔다 올게."

"어디 가는데?"

"금방 올 거야."

엄마가 방 문을 닫았다. 잠시 후, 현관문이 닫히는 소리가 들렸다.

침대에서 일어나 침대 위에 걸터앉았다. 아무래도 집에 무슨 일이 있는 게 분명하다. 난 방에서 나와 지민 누나 방으로 갔다.

"누나, 뭐 해?"

누나 방 문을 열었다. 누나는 컴퓨터 앞에 앉아서 입사지원서를 쓰고 있는 중이었다.

"야, 노크하랬지!"

난 "미안."이라고 말하고, 누나 침대 위에 앉았다.

"누나, 집에 무슨 일 있지?"

"일은 무슨 일."

"빨랑 말해 봐. 나도 눈치는 있다고."

누나가 컴퓨터 자판에서 손을 뗀 후, 후유, 하고 한숨을 내쉬었다. 누나는 내 쪽을 향해 의자를 돌려 앉았다.

"그래, 너도 알 건 알아야 하니까."

"무슨 일인데?"

나는 누나의 말을 기다리며 침을 꼴깍 삼켰다. 집에 분명 무슨 일이 있다.

"아빠, 퇴직한대. 이번에 명예퇴직 대상자로 결정 났대."

순간, 머릿속에 여러 가지 생각이 들었다. 그럼 내 수업료는 어쩌지? 이제 우리 가족은 뭐 먹고살지? 내 용돈은 누가 주고? 나중에 대학 등록금은?

"누나, 그럼 우리 이제 어떡해?"

"어떡하긴? 아빠가 다른 회사로 가거나 뭐 그래야지."

"그럴 수 있어?"

"모르지 뭐. 아빠 나이도 있고. 아빠 나이 때 퇴직하는 사람들 많아."

아빠는 다른 친구들의 아빠들에 비해 나이가 많긴 했다. 아빠는 53세였다. 나는 큰 누나와 나이 차이가 많이 나는 막내아들이다.

"엄마, 아빠가 너한테 이야기하지 말랬어. 괜히 너 걱정한다고."

나는 아무 말도 하지 않았다. 그냥 멍했다.

"엄마, 아빠는 어디 간 거야?"

"창업 설명회가 있대서 거기 가셨어."

누나와 더 할 말이 없었다. 얼른 방에 가서 침대에 눕고 싶었다.

"아민이한테는 말하지 마. 괜히 신경 써서 좋을 거 없으니까. 알았지?"

"알았어."

"이야기하면 너, 죽는다."

"알았다고."

방 문을 닫고 나왔다. 몸의 기운이 하나도 없다. 아빠가 더 이상 회사에 다니지 않는다니, 한 번도 생각해 보지 못한 문제였다. 물론 아빠가 평생 회사에 다닐 거라고 생각하지는 않았다. 하지만 내가 태어났을 때부터 아빠는 회사에 다녔고, 계속 그럴 줄로만 알았다. 적어도 내가 어른이 될 때까지 아빠는 회사에 다닐 줄 알았는데.

방으로 들어와 불을 껐다. 어둠이 방을 뒤덮었다. 난 침대 위에 누워 이불을 머리끝까지 뒤집어썼다.

점심을 먹은 후 교실로 돌아왔다.

"침, 농구하러 안 갈래?"

우진이가 사물함에서 농구공을 꺼내 왔다.

"별로. 너희들끼리 가."

석준이와 우진이가 나를 두고 운동장으로 나갔다. 아침에 집에서 나오는데, 엄마는 아무 걱정도 하지 말라고 말했다. 하지만 엄마의 그 말이 더 걱정스러웠다.

난 가만히 턱을 괴고 창밖을 보았다. 운동장에 남자아이들이 농구를 하거나 축구를 하고 있다. 쟤네 아빠들은 퇴직을 했을까? 퇴직을 한 부모님도 있을 거고, 아직 안 한 부모님도 있을 거다. 우진이네 아빠는 슈퍼마켓을 하니까 퇴직 걱정이 없다. 그리고 석준이네 아빠는 공무원이라 60세가 정년이고, 지난번에 물어보니 석준이 아빠는 우리 아빠보다 무려 열 살이나 어렸다.

5교시 시작 직전, 농구를 하러 나갔던 아이들이 교실로 들어왔다. 5교시는 사회 시간이다. 하지만 수업 종이 울린 지 십 분이 다 되어 가도록 사회 선생님이 들어오지 않았다. 아이들은 사회 선생님이 수업을 잊어버린 게 분명하다며 신난다고 떠들었다. 우리는 교무실에 가서 사회 선생님을 모셔 오지 않기로 합의했다. 그냥 다음 시간에 한 번 혼나면 된다. 반장인 이영재가 가려는 제스처를 보이자 아이들이 일제히 이영재를 째려보았다. 이 상황에 이영재가 교무실에 가면 왕따 되는 건 순식간이다.

"좀 조용히 해. 너희들 자꾸 떠들면 교무실에 가서 선생님 모셔 온다."

반장인 이영재가 조용히 하라고 했지만 말을 들어먹을 아이들이 아니었다.

그렇게 한참 떠들고 있는데 갑자기 교실 앞문이 활짝 열렸다.

"내 너희들 이럴 줄 알았다!"

사회 선생님이었다. 아이들은 좋다가 말았다는 표정을 지어 보였다.

"우리 반에 문제가 생겨서 그러니까 오늘은 자습해. 옆 반 수업 방해 안 되게 조용히 좀 하고. 알았어?"

선생님이 나가자 아이들은 "와아!" 하고 함성을 질렀다. 그러자 다시 교실 문이 열렸다. 선생님은 우리더러 금붕어 같다며 제발 좀 조용히 하라고 신신당부를 했다.

"5반 여자애 가출했다더니 그것 때문에 그런가 보다."

사회 선생님은 2학년 5반 담임이다. 어제 5반 여자애가 옆 여학교 친구와 가출했다고 한다.

"난 가출하는 애들을 이해할 수가 없다니까. 집에 있으면 밥 줘, 재워 주고 용돈도 주는데 왜 집을 나가나 몰라."

우진이가 고개를 절레절레 저으며 말했다.

"왜? 난 가끔 가출하고 싶을 때 있는데."

석준이의 의외의 발언에 우진이가 "이 무서운 녀석 좀 보게."라고 말했다.

"침, 너는 그럴 때 없어?"

석준이가 나를 쳐다보며 물었다.

"글쎄."

며칠 전 텔레비전 채널을 돌리다가 우연히 뉴스를 보았는데, 가출 청소년 수가 1년에 20만 명이라고 했다. 생각보다 훨씬 많았다. 하지만 난 딱히 가출에 대해 생각해 본 적이 없다. 지금 가출하고 싶을 때가 있느냐 없느냐가 중요한 문제가 아니다. 우리 집 자체가 문제다. 난 이어폰을 귀에 꽂고 볼륨을 최대한 높인 다음 책상에 엎드렸다.

저녁을 먹은 후, 방으로 돌아와 책상 앞에 앉았다. 머릿속이 너무 복잡해 게임이라도 할 생각에 컴퓨터를 켰다. 게임을 하려는데 메시지 알람이 울렸다. 핸드폰 액정을 보니 효림이었다.

태민아, 너 무슨 일 있어?

무슨 일은. 아무 일도 없어.

너, 괜찮아? 요 며칠 학교에서 좀 이상한 거 같아.
계속 기운 없어 보여.

핸드폰 자판에서 손을 뗐다. 효린이가 내 걱정을 해주는구나.
가만히 액정을 바라보았다. 대화 입력창에 커서가 깜박거리고 있
었다.

우리 아빠, 퇴직하셨어.

내가 한 말이 대화창에 떴다. 내가 왜 이러지 싫었지만, 이미 전
송 버튼을 누른 후였다.

언제?

일주일 전에 회사에서 통보받으셨대.
오늘부터 회사 안 나가셔.

그렇구나. 그래서 네가 기분이 안 좋아 보였구나.
걱정 마. 우리 아빠도 작년에 회사 그만두고
다른 회사로 옮겼어.
나도 작년에 아빠 회사 그만뒀을 때
걱정 많이 했는데 결국 잘됐어.

근데 우리 아빠가 나이가 좀 많으시거든.
퇴직하실 때가 되긴 했어.

맞다. 너 큰누나랑 나이 차이 많이 난다고 했지?

○○. 10살. 너희 아빠는 몇 살이셔?

우리 아빠는 43.

우와, 젊으시다. 우리 아빠랑 10살 차이 나.

ㅇㅇ. 내가 첫째거든.

그렇구나.

태민, 기운 내. 네가 기운 내야 아빠가 좋아하실 거야.

ㅇㅇ.

우울한 건 너랑 안 어울려. 웃어야 김태민이지.
아빠, 잘되실 거야. 걱정 마!

고마워, 그렇게 말해 줘서.

효림이와 이야기를 조금 더 주고받다가, 효림이가 학원 수업이 시작한다고 해서 채팅을 끝냈다. 학원에서 메시지를 보낸 거였구나.

효림이와 이야기를 하고 나니 기분이 조금 나아졌다. 근데 내가 효림이한테 왜 아빠 이야기를 했지? 무슨 일 있느냐는 효림이의 질문에, 나는 기다렸다는 듯이 털어놓았다. 어쨌든 효림이에게 위로를 받으니 기분이 조금 나아졌다. 효림이와 조금은 가까워진 기분도 들었다.

컴퓨터를 끄고 문제집을 폈다. 아무래도 공부를 해야 할 것 같았다. 이제 기말고사가 얼마 남지 않았다. 수학 문제가 잘 풀리지 않았다. 답안지를 봤지만 잘 이해가 가지 않는다. 도대체 왜 이런 걸 풀어야 하는지 모르겠다. 인생에는 수학 말고도 풀어야 할 문제가 얼마나 많은데.

수학 문제집을 붙들고 있는데 방 문이 열렸다. 엄마 아니면 누나겠지 했는데, 아빠였다.

"우리 아들, 웬일이야? 공부를 다 하고?"

아빠가 책상 쪽으로 다가와 고개를 내밀어 내 문제집을 보았다.

"그냥. 곧 시험이니까."

아빠가 책상 뒤쪽에 있는 침대 위에 걸터앉았다.

"태민아, 걱정하지 마. 아빠, 아직 젊어. 이래 뵈도 아빠 오라는 데 많아."

난 일부러 고개를 돌려 아빠를 쳐다보지 않았다. 아빠가 거짓말을 하고 있다는 것쯤은 알 수 있었다.

"아들, 아빠가 우리 아들 대학도 보내고, 장가도 다 보내 줄 거야. 그러니까 아무 걱정하지 마."

아빠가 내 어깨를 두드리고 방에서 나갔다. 내 마음을 들킨 것 같아 너무 창피했다. 아빠가 퇴직한다는 이야기를 들었을 때, 난 내 걱정만 했다. 앞으로 사고 싶은 물건도 마음대로 못 사겠구나, 용돈도 달라고 못 그러겠구나, 하고. 그리고 다른 아빠들보다 나이가 많은 아빠를 조금 원망했다. 그런데 아빠는 아빠 걱정보다, 내 걱정을, 우리 가족의 걱정을 더 했다.

어른들은 우리에게 "너희들이 제일 좋을 때다."라는 말을 자주 한다. 그 말을 들을 때면 기분이 별로다. 나는 지금 그냥 그런데 왜 좋다고 하는 거지? 하는 반발심이 우선 먼저 든다. 그리고 도대체 어른이 얼마나 재미없고 힘들면 저렇게 말을 하는 건지, 그 말을 하는 어른들이 한심해 보였다. 어른들이 그 말을 하면 어른의 삶에 대한 기대감이 줄어든다. 그래서 그 말을 하는 어른들을 보면, 속으로 '나는 커서 절대 그 말을 하지 않겠다'고 다짐했다. 그런데 문득 나도 커서 그 말을 하게 될 것 같다는 생각이 든다.

아빠한테 미안하다. 그리고 아빠한테 고맙다. 아빠한테 미안해서라도 공부를 더 해야 하지만 수학 문제집을 한참 들여다보고 있으니 머리에 쥐가 날 것 같았다.

아무래도 공부는 내일 해야겠다.

5

세상에 공짜는 없다. 여름방학을 얻기 위해서는 기말고사라는 관문을 통과해야 한다. 내일부터 3일 동안 기말고사가 치러진다. 최소한 시험 전날은 공부를 하는 게 예의 같아서 책상 앞에 앉아 있는데, 도대체 어디서부터 공부를 시작해야 할지 모르겠다. 평소에는 시험 전날 벼락치기를 하면 된다고 생각하는데, 막상 시험 때가 오면 '공부는 미리 해야 효과가 있다'는 걸 알게 된다. 그걸 왜 닥쳐서야 깨닫는 건지 모르겠다.

내일 1교시에 보는 사회 과목의 교과서와 문제집을 꺼내 시험 범위를 처음부터 읽기 시작했다. 막 공부를 하려는데 '딩동' 하고 메시지 알람이 울렸다. 우진이였다.

뭐 하냐?

공부해. 이젠 해야 할 때다. 더 이상 미룰 수 없어!

잘 되냐?

아직 시작 전이라 잘 모르겠어 ㅎㅎ 넌?

나도 그렇지 뭐.

이 녀석도 공부는 하려는데 나처럼 하기 싫은가 보다. 우진이는
계속 나한테 말을 걸었다.

나 이제 그만 공부해야겠다.

저기, 나.

뭐?

소정이랑 헤어졌다……

우진이가 보낸 메시지에 정신이 번쩍 들었다. 졸음이 싹 사라졌
다. 난 어쩌다 그렇게 됐냐고 물었다. 우진이는 아까 소정이 시험
공부할 때 먹으라고 준다며 초콜릿이랑 사탕을 잔뜩 들고 왔다.

그냥 그렇게 하기로 했어. 그럼 열공해! 나도 공부 시작한다!

우진이한테서는 더 이상 메시지가 오지 않았다. 입만 열면 여친, 우리 소정이 그러더니 도대체 어떻게 된 일인지 모르겠다.

사회 문제집을 푸는데 지문에 '효림시'라는 가상 도시가 나왔다. 나는 '효림시'에 별표를 그렸다. 효림이는 지금 공부하고 있겠지? 메신저 프로필을 보니 '열공모드'라고 적혀 있다. 사진 속의 효림이는 연필을 들고 제법 비장한 표정을 하고 있지만 내가 보기에는 귀엽기만 하다.

안 되겠다. 나도 얼른 공부를 해야겠다. 효림이만큼 좋은 성적을 받지는 못하더라도, 효림이 눈에 부족한 남자가 되고 싶지는 않다.

교실에 들어와 보니 대부분의 아이들이 조용히 공부를 하고 있었다. 우진이마저 석준이 옆에 가만히 앉아 책을 보고 있었다.

"칩, 왔냐?"

우진이가 자리에 앉는 나를 보고 알은체를 했다.

"공부 많이 했냐?"

"이제 해야지."

난 우진이에게 당연한 걸 뭘 물어보냐는 식으로 대답했다.

"그러는 넌?"

"나도 지금 할 거야."

우진이가 씨익 미소를 지으며 대답했다.

"야, 너희들 조용히 안 해?"

석준이가 나와 우진이에게 화를 냈다. 우리가 뭐라고 말할 틈도 없이, 석준이는 다시 고개를 숙여 열심히 문제집을 봤다. 우진이는 소리는 내지 않고 입모양으로만 "조용히 하자."고 했다. 나도 자리에 똑바로 앉았다.

책을 꺼내다가 슬쩍 고개를 돌려 석준이를 쳐다보았다. 평소의 석준이와 다르다. 석준이는 시험 당일에 결코 조바심을 내는 스타일이 아니다. 대부분의 아이들이 시험 때만 공부를 하지만, 석준이는 시험이건 아니건 구별하지 않고 꾸준히 공부를 하기 때문이다. 하지만 이번 기말고사는 다른 것 같다. 석준이는 민지와 사귀면서 책도 덜 읽었고 학원도 자주 빠졌다.

1교시 시작을 알리는 종이 울렸다. 1교시 시험은 그나마 내가 자신 있어 하는 사회 과목이다.

이번 시험 과목의 감독은 수학 선생님이었다.

"책이랑 문제집 다 가방 안으로 집어넣고. 이제 와서 공부하면 하나라도 더 잘 맞을 것 같냐?"

우진이는 끝까지 사회 문제집을 보다가 선생님에게 혼나고 나서야 가방에 문제집을 집어넣었다.

시험지와 답안지가 모두 배부되었고, 교실 안에 순간 정적이 감

돌았다. 난 가장 먼저 답안지에 이름을 적은 후, 시험 문제를 풀기
시작했다.

　영어 시험을 끝으로 첫날 시험이 끝났다. 오늘은 총 네 과목의
시험을 봤고, 내일과 내일모레 각각 네 과목, 세 과목의 시험이 더
남았다. 중간고사는 여덟 과목이라 이틀 동안 시험을 봤지만, 기말
고사는 과목 수가 늘어 사흘 동안 시험을 본다.
　담임선생님의 종례가 끝나자마자 석준이는 시험 기간 동안 독
서실을 끊었다며 급하게 교실에서 나갔다.
　가방을 챙기고 있는데 민지가 내 자리 쪽으로 왔다.
　"태민아, 석준이 시험 잘 봤대?"
　"글쎄, 암말 안 하던데? 직접 물어보지 왜?"
　"아냐. 그럼 내일 봐."
　민지는 내게 인사를 하고 다연이와 함께 교실에서 나갔다. 둘
이 또 싸웠나? 가끔 둘이 싸우면 민지가 내게 석준이에 대해 묻곤
했다.
　"야, 나가자."
　가방을 멘 후 우진이에게 말했다. 그런데 우진이가 가방을 챙기
지도 않은 채 가만히 자리에 앉아 있었다.
　"왜 멍 때리고 있냐?"

난 우진이 등을 한 대 쳤다. 그제야 우진이가 고개를 들어 나를 쳐다봤다.

"어, 가야지."

우진이가 책상 옆에 걸려 있는 가방을 어깨에 멨다. 책상 위에 내일 시험을 치를 국어 교과서가 그대로 놓여 있었다.

"국어 포기했냐? 이거 안 가지고 가?"

"아, 맞다."

우진이가 어깨에 멘 가방을 다시 책상 위에 올려놓은 후 국어 교과서를 챙겼다.

"오늘 시험 망쳤냐?"

교실 문을 나오면서 우진이에게 물었다.

"그냥 그렇지 뭐."

우진이나 나나 시험에 크게 신경을 쓰는 스타일은 아니었다.

"혹시 소정이 때문이냐?"

"야, 무슨. 말이 되는 소리를 해."

우진이가 버럭 소리를 지르더니, 하도 어이가 없는지 "참나." 하고 말했다.

"하긴."

우진이는 여친과 헤어졌지만 아무렇지 않은 것 같다. 우진이가 소정이에게 사 준 선물들이 조금 아깝긴 했다. 우진이는 한 달이 조금 넘는 기간 동안 여친에게 꽤 많은 선물을 사 줬다. 생일이다, 투투데이다, 뭐다 해서.

"세상에 널린 게 여자라고. 그리고 난 여친 사귀어 본 걸로 만족한다."

우진이가 말하는 것으로 봐서는 후배인 소정이에게 차인 것 같았다. 하지만 나는 "너, 차였지?"라고 물어보지 않았다. 상처에 소금을 뿌리는 일은 하고 싶지 않다.

드디어 시험이 다 끝났다. 답안지가 다 걷히고 나자 아이들이 와아, 하고 함성을 질렀다. 이제 우리를 기다리고 있는 건 여름방학뿐이다.

우진이, 석준이와 피자를 먹고 노래방에 갈 계획을 세웠다. 오늘은 아주 신 나게 놀 거다.

운동장 청소를 하러 나가려는데, 효림이가 나를 불렀다. 난 다른 남자아이들에게 먼저 나가라고 했다.

"오늘 학교 끝나고 뭐 해? 혹시 약속 있어?"

"아니."

효림이가 내게 묻는 순간 친구들과 했던 약속은 머릿속에서 하얗게 지워졌다.

"그럼 나랑 어디 좀 같이 가 줄 수 있어?"

"응. 근데 왜?"

"내 동생 때문에. 그럼 이따가 종례 끝나고 만나."

효림이가 청소를 하기 위해 교실로 들어갔고, 난 운동장으로 나갔다. 효림이가 나한테 부탁을 하다니, 무슨 일인지 몰라도 기분이 좋았다.

운동장에 갔더니, 우진이와 석준이가 내게 달려와 효림이와 무슨 이야기를 했냐고 물었다.

"동생 때문에 나한테 부탁할 게 있대."

"무슨 부탁?"

"그건 나도 잘 몰라."

둘은 나에게 잘해 보라는 말을 했고 난 그런 거 아니라고 했지만 왠지 말이 맞았으면 좋겠다는 생각이 자꾸만 들었다.

종례가 끝나고 효림이와 함께 교실에서 나왔다. 우진이와 석준이가 저쪽 옆에서 우리를 힐끔거리고 있는 게 보였다. 난 효림이가 보지 못하는 틈을 타, 둘에게 얼른 가라고 눈치를 주었다.

"그런데 무슨 일이야?"

난 효림이 옆에서 걸으며 물었다. 효림이와 이렇게 가까이 서 있어 본 적이 얼마만인지 모르겠다. 이 순간을 얼마나 기다렸던가!

"내 동생을 괴롭히는 남자애가 있대. 근데 걔가 자기보다 나이 많은 형들 말을 잘 듣는다고 해서 말이야. 네가 같이 가서 내 동생

괴롭히지 말라고 말 좀 해 주라."

효림이 동생이 괴롭힘을 당하고 있다는데, 미안하게도 나는 기분이 좋았다. 효림이는 진작 찾아가고 싶었지만 동생보다 효림이 수업이 늦게 끝나기에 동생네 학교에 찾아갈 수 없었다고 했다. 시험 기간이라 오늘은 수업이 평소보다 일찍 끝나 날을 잡은 것이다.

효림이 동생이 다니는 우성초등학교는 우리 학교에서 오 분 거리에 있었다. 이 근처에 초등학교가 두 개 있는데, 바로 내가 나온 가람초등학교와 효림이가 나온 우성초등학교다.

"동생은 몇 학년이야?"

"2학년. 4학년 동생도 있어."

지난번에 효림이는 남동생이 두 명이라는 이야기를 했다. 효림이와 나는 공통점도 참 많은 것 같다. 효림이는 남동생이 두 명이고, 나는 누나가 두 명이다.

우리는 2학년 7반 교실 앞에 가서 수업이 끝나기를 기다렸다.

잠시 후 수업이 끝났는지 교실에서 아이들이 한두 명씩 나오기 시작했다. 모두 나보다 키가 두 뼘이나 작은 아이들이었다.

"준수야!"

효림이가 부르자 교실에서 나오던 남자애가 효림이 쪽으로 걸어왔다. 효림이 동생은 쌍꺼풀이 진하고 얼굴이 동그란 게 효림이와 아주 많이 닮았다.

"그 애 어딨어?"

"저기 파란색 가방."

효림이 남동생이 손가락으로 앞쪽을 가리켰다. 파란색 가방을 멘 남자애는 멀리서 봐도 덩치가 좋았다. 우리는 그 남자애를 따라 2층에서 내려왔다. 혹시 초등학교 선생님이 볼까 봐 최대한 교실에서 멀어졌을 때, 그 남자애를 불러 세웠다.

"네가 박승우니?"

남자애가 우리를 올려다보고 고개를 끄덕였다. 남자애는 효림이 옆에 서 있는 남동생을 보고 상황을 파악한 것 같았다. 이제 내 차례가 된 것 같다. 난 멋지게 승우라는 꼬마에게 다시는 효림이 남동생을 괴롭히지 말라고, 또 괴롭히면 가만히 두지 않겠다고 혼을 내면 된다. 그런데 내가 이야기를 꺼내기 전에, 효림이가 뜻밖의 소리를 했다.

"너, 우리랑 같이 햄버거 먹으러 안 갈래?"

난 효림이가 무슨 소리를 하는가 싶어 효림이를 쳐다보았다. 효림이는 남자애에게 미소까지 지어 보이며 햄버거를 사 주겠다고 했다. 하지만 남자애는 우리를 경계하며 엄마가 낯선 사람 따라가지 말라고 했다며 싫다고 했다.

"누나는 준수네 누나야. 그리고 준수도 같이 갈 거라고. 새로 나온 자이언트버거 사 줄 거니까 같이 가자."

자이언트버거라는 말에 남자애 표정이 조금 바뀌었다. 결국 승우라는 남자애는 알겠다고 고개를 끄덕였다.

효림이는 제 남동생과 남동생 친구를 데리고 초등학교 앞에 있는 패스트푸드점으로 갔다. 도대체 효림이가 무슨 생각을 하는지 알 수 없었다. 효림이에게 왜 혼내지 않느냐고 묻고 싶었지만, 승우가 들을까 봐 그럴 수 없었다.

효림이는 자이언트버거 세트를 승우 앞에 놓아 주었다.

"자, 먹어."

승우는 눈치를 보다가 햄버거 포장지를 뜯어 햄버거를 먹기 시작했다. 효림이 동생 준수도 햄버거를 먹었고 나도 따라 먹기 시작했다.

"너, 준수랑 친한 친구라며?"

햄버거를 먹던 승우가 고개를 갸우뚱하며 효림이를 쳐다보았다.

"아니야?"

승우는 아무 대답도 하지 못하고 햄버거를 손에 든 채 먹지 않았다. 그제야 효림이가 왜 남자애를 여기에 데려왔는지 이해가 되었다. 남자의 외투를 벗게 한 건 강한 바람이 아닌, 따뜻한 햇볕이었다.

"그럼 앞으로 둘이 친하게 지내면 되겠다. 그렇지?"

이번에는 내가 승우에게 말을 걸었다. 하지만 승우는 대답을 하지 않았다.

"준수야. 너도 승우랑 친하게 지내고 싶지?"

준수가 그렇다고 고개를 끄덕였다.

"승우는?"

난 다시 한 번 승우에게 물었다. 승우는 입을 꾹 다물고 있었다.

"잠깐만."

난 승우를 데리고 두 테이블 건너 있는 테이블로 갔다.

"준수가 너한테 뭐 잘못한 거 있어?"

승우는 대답 대신 볼에 바람을 채워 넣고, 푸푸 하고 내뱉으며 딴짓을 했다.

"형한테만 말해 봐. 응?"

승우가 내 얼굴을 쳐다보았다. 난 고개를 끄덕이며 말하라는 제스처를 보냈다. 그러자 승우가 입을 열었다.

"준수 녀석 짜증나요."

"왜?"

"지난번에 찰흙 준비물 안 가져와서 같이 쓰자고 하니까 안 빌려 줬어요."

승우가 준수 쪽을 째려보며 말했다.

"진짜?"

"네."

"야, 너 화 많이 났겠다."

"네."

승우는 내가 자기 편을 들어준다고 생각했는지, 준수가 반찬도 나누어 주지 않았던 것까지 이야기해 주었다.

"그래도 네가 남자답게 준수 용서해 줘."

나는 '남자답게'를 강조하여 말했다. 승우는 잠시 생각을 하더니, 알겠다고 고개를 끄덕였다. 남자답게라는 말에는 묘한 마법의 힘이 있다. 여자들도 그러는지 잘 모르겠지만, 왠지 남자답게 행동하라는 이야기를 들으면 그렇게 하지 않으면 안 될 것 같은 기분이 마구 든다.

난 승우를 데리고 효림이가 있는 테이블로 왔다.

"친구끼리는 사이좋게 지내야 하는 거야. 친구가 준비물을 가져오지 않으면 나눠 쓸 줄도 알아야 하고, 반찬도 나눠 줘야 해. 그리고 친구 괴롭혀서는 안 되고."

승우와 준수가 내 말을 듣는지 안 듣는지 알 수 없었다. 둘은 햄버거와 감자튀김을 열심히 먹고 있을 뿐이었다. 다만, 둘이 눈으로 힐끔거리며 서로를 쳐다보며 웃는 걸 보니 내 말을 아예 안 듣는 건 아닌 것 같았다.

"얘네 엄청 귀엽다."

내 말에 효림이도 고개를 끄덕였다. 난 집에서 매일 아이 취급 받는데, 초등학교 2학년 애들이랑 있으니 내가 엄청 다 큰 어른 같았다.

햄버거를 다 먹은 후, 승우는 학원에 가야 한다며 먼저 나갔다. 승우는 나가면서 준수에게 손까지 흔들어 인사했다. 효림이는 준수에게 나한테 고맙다는 인사를 하라고 시켰다.

"형, 고맙습니다."

준수가 내게 꾸벅 고개를 숙여 인사를 했다. 난 준수에게 다음부터 승우와 준비물을 같이 나눠 쓰라며, 혹시 승우가 또 괴롭히며 언제든지 나를 부르라고 말했다.

효림이가 준수 입에 묻은 케첩을 휴지로 닦아 주며, 천천히 먹으라고 말했다. 효림이는 세심하게 준수를 돌봐주었다. 누나가 남동생에게 저렇게 상냥할 수도 있구나.

"너 되게 착한 누나다."

"아무래도 엄마가 안 계시니까 내가 챙겨 줘야 해."

효림이가 준수에게 콜라를 마시라고 챙겨 주며 말했다. 효림이가 무척 어른스러워 보였다.

"오늘 정말 고마웠어."

"뭘."

"그럼 내일 학교에서 만나."

패스트푸드점에서 나와 효림이와 헤어졌다. 효림이는 4학년 남동생을 기다려서 같이 갈 거라고 했다.

앞을 걷다가 고개를 돌렸다. 효림이가 동생의 손을 잡고 걸어가고 있었다. 효림이 동생 준수도, 준수를 괴롭힌 승우도 아주 기특할 뿐이다. 으하하하. 웃음이 나오는 걸 도저히 참을 수가 없다.

효림이는 왜 나한테 이런 부탁을 했을까? 이영재와 친하게 지내는 것 같은데 왜 이영재가 아니고 나였지? 혹시 이영재가 오늘 바쁜 일이 있나? 영재의 존재를 생각하니, 아까만큼 기분이 좋지는 않았다.

집 앞에 도착했는데, 효림이에게서 문자가 왔다.

> 역시 넌 친절태민이야.
> 오늘 왕왕 고마웠어!
> 다음에 내가 떡볶이 쏠게.

난 문자를 읽고, 또 읽었다. 효림이는 이영재가 아닌 나에게 동생 일을 부탁했다. 자기의 비밀도 나에게만 털어놓았고, 우리 아빠가 퇴직했다고 했을 때 나를 위로했다.

뭔가 느낌이 왔다. 아무래도 효림이도 나를 좋아하는 것 같다.

6

효림이 앉은 자리 쪽을 쳐다보았다. 효림이는 몇 명의 여자아이
들과 함께 대화를 하며 장난을 치고 있었다.

"침, 너무 티 나게 보는 거 아냐?"

우진이의 말에 나는 언제 그랬냐며 고개를 돌렸다. 효림이를 쳐
다보지 않으려고 했지만, 나도 모르게 자꾸 시선이 그쪽으로 간다.

"야, 그러지 말고 좋아한다고 말해 버려."

"됐어."

우진이와 석준이는 아무래도 효림이도 내게 관심이 있는 것 같
다고 부추겼다. 하지만 아직은 자신이 없다. 기껏 좋아한다고 고
백했는데 거절당하면 무슨 망신인가. 그렇게 되면 또 아주 어색한
사이가 될 것이다. 지금처럼 메신저에서 대화를 나누는 것도 어렵

고, 반갑게 인사도 못 할 것이다. 아이들은 오늘 방학을 한다고 좋아하지만, 난 방학이 즐겁지만은 않다. 방학을 하면 당분간 효림이를 볼 수 없겠지.

곧 수업이 시작되었고 담임선생님이 들어왔다. 2교시 수업은 담임이 맡은 영어 시간이었다. 선생님이 책을 펴라고 말했지만, 아이들은 느릿느릿 교과서를 꺼냈다. 나도 아주 천천히 책장을 넘겼다. 종업식 날까지 수업을 하는 건 왠지 반칙 같다. 물론 그 전에 열심히 공부를 한 건 아니지만 말이다.

"선생님, 진도 다 나갔잖아요. 오늘은 수업하지 말아요."

아이들이 선생님을 졸랐다. 하지만 선생님은 영어 본문을 읽기 시작했다.

"미술 선생님은 영화 보여 줬어요."

민석이가 손을 들고 말했다. 미술 선생님은 3반 담임으로, 우리 반 담임과 나이도 비슷하고 친한 만큼 아이들에게 걸핏하면 비교의 대상이 된다.

"영화 엄청 재밌었는데."

"머릿속에 하나도 안 들어와요."

아이들이 한마디씩 했다. 급기야 "영화, 영화, 영화!" 하고 다 같이 외치기까지 했다.

"조용!"

선생님이 교탁을 두드리며 소리쳤다.

"난 DVD 없어."

선생님은 책밖에 가져온 게 없다며, 책을 들어 우리에게 보여 주었다.

"그럼 딴 거 해요!"

"딴 거, 딴 거, 딴 거!"

우리는 영화 대신 딴 거를 외쳤다.

"선생님, 첫사랑 이야기해 주세요!"

여자애들 중 누가 재빨리 말하자, 아이들은 다 같이 첫사랑 이야기를 해 달라고 졸랐다.

"이것들이 수업하기 싫으니까 별걸 다 이야기해 달래. 너희들 내 첫사랑 이야기 관심 없는 거 내가 모를 줄 알아? 수업 땡땡이 치려는 거 다 알아."

"아니에요. 진짜 궁금해요!"

우리는 어떻게든 수업을 하지 않을 생각이었다. 선생님도 우리의 마음을 알았는지 이야기해 주겠다고 했다. 교실은 순식간에 조용해졌다.

"이 선생님은 말이다. 인어공주 같은 면이 좀 있었어."

선생님의 말이 채 끝나지도 않았는데, 아이들이 말도 안 된다며 소리를 질렀다. 그림책에서 본 인어공주와 선생님은 아무리 생각해도 거리가 멀었다.

"그러니까 난 짝사랑의 달인이었다고. 이것들아, 인어공주나 짝사랑의 달인이나 같은 건데, 이왕이면 인어공주라고 말하면 어디가 덧나냐?"

아이들은 그래도 인어공주는 아니라고 응수했다. 그러자 선생님은 자꾸 그러면 첫사랑 이야기를 해 주지 않겠다고 했다. 우리는 얼른 "안 그럴게요, 해 주세요."라고 외쳤다.

선생님은 이야기를 시작하기 전에 "흠." 하고 숨을 한 번 크게 내쉬었다.

"내가 처음으로 좋아한 사람은 고등학교 1학년 때 같은 동아리 선배 오빠였어."

선생님의 이야기가 시작되자 아이들이 다시 잠잠해졌다.

"신입생 때 동아리 부원 모집을 하는데, 어떤 동아리 앞에 멋있는 오빠가 서 있는 거야. 영자 신문반이었는데, 그 선배 오빠 때문에 친구를 꼬여서 같이 가입을 했지."

"그 오빠가 어떻게 생겼어요?"

아이들이 그 선배가 얼마나 멋있었는지 묻자, 담임선생님은 준범이만큼 잘생겼다고 준범이를 가리켰다. 아이들이 일제히 고개를 돌려 준범이를 쳐다보았다. 아이들은 "그래서요?"라며 계속 이야기해 달라고 재촉했다.

"그 선배는 멋있을 뿐만 아니라 아주 유머러스하기까지 했어. 개그맨 흉내를 내거나 그런 건 아니었지만, 말 한마디 한마디가 아주 위트 있었지. 난 영어에 관심도 없으면서 그 선배 때문에 영자 신문을 구독하고 영어 공부를 열심히 했지. 동아리 모임은 일주일에 한 번이었는데, 난 오로지 그날만을 기다렸어. 그 선배는 나한테 선생님처럼 영어 해석하는 법도 알려 주고, 영어로 신문기사 쓰는 방법도 가르쳐 주었어."

선생님은 비오는 날 우산을 가져오지 않아 그 선배와 함께 우산을 쓴 적도 있다고 했는데, 그 이야기를 하는 선생님의 얼굴에 약간 홍조가 비치기까지 했다.

"그 선배는 3학년이 되면서 동아리에 자주 나오지 못했고, 점점 만날 기회가 없었어."

"그래서 어떻게 됐어요? 둘이 사귀었어요?"

"아니."

선생님이 고개를 저었다.

"왜요?"

"내가 좋아한다고 고백을 못 했거든."

"시시해요!"

아이들은 그게 무슨 첫사랑 이야기냐고 했다. 우리가 원한 건 짝사랑 이야기가 아니었다. 짝사랑 이야기는 별로, 아니 하나도 재미없다.

"그래도 내가 그 덕분에 영어 공부 열심히 해서 이렇게 영어 선생님이 되어 있잖니? 그리고 어디서 들었는데, 그 선배도 지금 영어 신문사 기자가 되어 있다더라. 그 선배도 나한테 열심히 영어 가르쳐 줘서 그렇게 된 거라고 생각해."

선생님이 활짝 웃으며 말했다. 하지만 선생님의 이야기는 '나의 첫사랑'이 아닌, '나는 이렇게 공부했어요' 부류의 수기였다.

"선생님, 그럼 지금 애인 이야기해 주세요!"

"그건 비밀이야."

선생님이 새침한 표정을 지으며 말했다.

"애인 없죠? 그래서 안 해 주는 거죠?"

우리들이 유도 심문을 했지만 선생님은 넘어오지 않았다. 선생님은 한 시간 내내 놀 수는 없다며, 남은 십오 분은 수업을 하겠다고 했다. 우리는 "너무해요!" 하고 소리쳤지만, 어쨌든 삼십 분은 수업을 하지 않았으니 완전히 손해 본 건 아니었다.

영어책을 펼쳤다. 영어책 문장 속에 "고백하지 않으면 아무 일도 생기지 않는다"는 한글 문장이 보였다. 분명 책에는 영어 문장이 가득한데, 책에도 없는 그 문장이 자꾸 툭툭 튀어 올랐다. 나와 효림이 이야기도 선생님과 첫사랑 선배 이야기처럼 시시해져 버릴까? 고개를 돌려 효림이를 슬쩍 쳐다보았다. 만약 고백해서 효림이와 사귀게 된다면 지금보다 더 나은 관계가 될 수 있다. 하지만 거절당한다면? 더 좋지 않은 관계가 될 것이다.

고백하느냐, 마느냐. 지금 나는 햄릿이다.

날씨가 더운 관계로 교실 안에서 텔레비전을 통해 종업식을 했다. 먼저 학생 주임 선생님이 방학 중 주의사항에 대해 전달했다. 오늘 방학을 하면, 개학날까지 앞으로 한 달 넘게 효림이를 만날 수가 없다. 그사이에 효림이가 다른 남자를 사귀기라도 하면 어쩌지? 종업식 시간이 다가올수록 마음이 점점 불안해졌다. 이대로 효림이를 보낼 수 없었다. 소년이 가져야 할 건 야망이 아닌, 용기다.

고민 끝에, 난 효림이에게 문자를 보냈다.

> 오늘 종업식 끝나고 잠깐 시간 돼?

난 효림이 자리를 흘끔 쳐다보았다. 효림이가 주머니에서 무언가를 꺼냈다. 핸드폰인 것 같았다. 효림이가 고개를 숙이고, 핸드폰을 만지작거렸다.

곧바로 답문이 왔다.

ㅇㅇ. 왜?

뭐 좀 물어볼 게 있어서^^

　할 말 있다고 하면 왠지 고백하는 게 티가 날 것 같아, 일부러 돌려 말했다. 효림이에게서 문자가 왔다. 효림이는 이따 종업식이 끝나고 잠깐 보자고 했다.

　학생 주임 선생님의 말이 끝났고, 그 뒤를 이어 교장 선생님이 마이크를 잡았다. 화면에 대머리 교장 선생님의 얼굴이 클로즈업되자, 우진이가 "조명이 따로 필요 없네."라고 말했다. 담임선생님이 주의를 주었지만, 아이들은 계속 웃었다. 하지만 난 웃음이 나오지 않았다. 1분이 한 시간 같았다. 수업을 하는 것도 아닌데 시간이 무척 더디게 흘렀다. 교장 선생님의 말이 하나도 귀에 들어오지 않았고, 머릿속에 아무 생각도 들지 않았다.

　종업식이 끝나고 담임선생님이 교탁 앞에 다시 섰다. 담임선생님이 서류 봉투에서 하얀색 종이 뭉치를 꺼냈다. 기말고사 성적표란 걸 단번에 알 수 있었다. 선생님은 번호대로 이름을 부르며 성적표를 나누어 주었다. 나는 김 씨라 앞 순서였다. 자리로 돌아와 성적표를 펼쳤다. 지난번보다 반 등수가 1등 떨어졌다. 하지만 별로 신경이 쓰이지 않았다. 성적표보다 더 중요한 일이 나를 기다리고 있으니까.

"박석준."

석준이가 교탁 앞으로 나가 성적표를 받았다. 성적표를 받은 석준이의 표정이 별로 좋지 않았다. 석준이는 자리로 돌아와 성적표를 손으로 구겼다. 아이들의 시선이 모두 석준이에게로 향했다.

"박석준, 뭐 하는 거야?"

선생님이 석준이를 불렀다. 하지만 석준이는 아무 말도 하지 않고 고개를 푹 숙였다. 담임선생님은 다시 다음 차례의 아이들 이름을 불렀다.

종례가 끝나자마자, 석준이가 가방을 들고 가장 먼저 교실을 나갔다.

"교수, 괜찮겠지?"

"뭐. 괜찮겠지."

아이들이 하나둘씩 가방을 들고 일어섰다. 우진이는 가방을 챙기더니 가만히 나를 쳐다보고 있었다. 나랑 같이 나가려나 보다.

"야, 너 먼저 가. 나 좀 일이 있어."

"무슨 일?"

우진이는 갈 생각을 하지 않았다. 제발 눈치 좀 채고 가 줬으면 좋겠는데, 우진이는 멀뚱거리며 나를 쳐다보기만 했다.

"효림이랑 할 얘기가 조금 있어."

다른 아이들이 듣지 못하게, 난 최대한 목소리를 낮추어 말했다. 그러자 우진이는 "오오~"라고 말하며 호들갑을 떨었다.

"제발 좀 가. 부탁이다."

우진이는 내게 파이팅이라고 말하고는 낄낄대며 다른 아이들과 함께 교실을 나섰다.

난 서랍에서 무엇을 꺼내는 척하면서 가만히 자리에 앉아 있었다. 교실에 있는 아이들의 숫자가 점점 줄어들었다. 효림이가 다른 여자애와 함께 나를 만나면 어쩌나 걱정했지만, 효림이와 친한 애들이 효림이에게 인사를 하고 교실을 나갔다.

교실 안에 나와 효림이, 둘만 남았다. 효림이가 고개를 돌려 내쪽을 바라보며 무슨 일이냐고 물었다. 나는 1분단에, 효림이는 3분단에 앉아 있었다. 효림이 앞에 가서 말을 걸까 하다가 그냥 내자리에 계속 앉아 있기로 했다. 너무 가까이 다가가면 효림이가 부담스러워할 것 같았다. 교실에 아이들이 가득 있을 때는 1분단과 3분단의 거리가 무척 멀어 보였는데, 단둘이 남아 있으니 멀지 않았다. 효림이의 몸짓, 표정 하나하나까지 다 잘 보였다.

"방학 때 뭐 해?"

난 뜬금없이 효림이에게 방학 계획을 물었다.

"글쎄. 학원 다니고 놀고 뭐 그러겠지. 넌?"

"나도."

교실 안에 정막이 감돌았다. 목이 말라 침을 삼켰는데 생각보다 그 소리가 컸다. 효림이 표정을 보니 다행히 효림이에게는 그 소리가 들리지 않은 것 같았다.

"저기."

"응?"

"저기 있잖아."

"왜?"

효림이가 눈을 깜빡거리며 나를 쳐다보았다. 심장이 더 빠르게 쿵쿵 뛰었다. 이러다가 심장이 터져 버리는 게 아닐까 싶었다. 난 질끈 눈을 감았다.

"나, 너 좋아해. 우리 사귀자."

말해 버렸다.

난 눈을 살며시 떴다. 효림이는 고개를 살짝 숙인 채, 바닥만 내려다보고 있었다. 내가 너무 갑작스런 말을 한 걸까?

"우리 같이 모둠 과제했잖아. 그때 메신저로 대화도 하고, 음악실에서 같이 연습도 하고. 너랑 이야기하거나 같이 있으면 편하고 좋았어. 그냥 네 생각하면 학교 오는 것도 즐겁고, 너랑 더 친해지고 싶고, 또."

"저기, 태민아."

효림이가 내 이름을 불렀다. 난 말하던 것을 멈추고 효림이를 쳐다보았다. 효림이가 윗니로 아랫입술을 깨무는 게 보였다. 효림이가 고개를 떨구었다. 그리고 한마디를 내뱉었다.

"미안해."

효림이 말에 온몸의 기운이 쭉 빠졌다. 내 몸이 물거품처럼 사라지는 것 같았다.

"넌 참 좋은 애긴 하지만, 난 한 번도 남자친구 사귀고 싶다는 생각 안 해 봤거든."

뭐지? 나 혼자 착각했던 걸까? 분명 효림이도 나한테 관심이 있다고 생각했는데. 효림이가 다시 한 번 미안하다는 말을 했다. 난 미안하다는 말을 듣는 걸 별로 좋아하지 않는다. 사과를 받으면, 왠지 내가 피해를 입은 것 같기 때문이다. 효림이가 잘못한 것도 아닌데 효림이는 왜 나한테 미안하다고 하는 걸까.

"응, 괜찮아."

난 간신히 괜찮다는 말을 했다. 효림이는 먼저 가 보겠다는 말을 하고는 교실 문을 열고 가 버렸다. 나도 얼른 일어서서 가야 했지만, 몸이 조금도 움직이지 않았다.

어쩌면 내 몸은 이미 물거품이 되어 사라져 버렸는지도 모르겠다.

7

밤 11시가 넘은 시간에 핸드폰 벨이 울렸다. 모르는 번호였다. 받을까 말까 고민이 되었다. 대부분 모르는 전화는 광고 전화가 많다. 중학생인 내게 자꾸 돈을 빌려 준다거나 보험을 들라고 전화가 온다. 하지만 이 시간에 광고 전화일 리는 없었다. 게다가 전화는 한 번 끊긴 후 또다시 걸려왔다.

"여보세요."

"너 혹시 태민이니?"

나이 든 여자의 목소리였다.

"네. 누구세요?"

"나 석준이 엄만데."

"아, 안녕하세요."

아줌마는 지금 어디냐고 물었고, 난 집이라고 대답했다.

"혹시 석준이 너희 집에 안 갔니?"

"안 왔는데요. 왜요?"

난 석준이와 학교에서 본 게 마지막이라고 대답했다. 아줌마는 석준이가 학교에서 돌아온 후 3시쯤 집을 나가, 아직 들어오지 않았다고 말했다.

"혹시 우진이랑 있는 거 아닐까요?"

"아니야."

아줌마가 울먹이는 목소리로 말했다.

"석준이가 집을 나갔어."

4부

우리들의 진심

1

"도대체 석준이 자식 왜 그런 거야?"

우진이가 오징어 다리를 질겅질겅 씹어 먹으며 말했다.

"하여튼 그 자식 헛똑똑이라니까. 가출해서 좋을 게 뭐가 있다
고. 집 나가면 개고생이잖아."

우진이는 턱이 아픈지 오징어 봉지를 내게 던지고는 손가락으
로 턱관절을 연신 문질렀다.

엊그제 방학식 날 집을 나간 석준이는 어제도 집으로 돌아오지
않았다. 혹시 납치를 당하거나 사고를 당한 게 아닐까 걱정했지
만, 석준이는 부산에 가 있었다. 혹시 엄마가 걱정을 하여 경찰에
실종신고를 할까 봐, 며칠 있다 오겠다고 문자를 보내 놓았다. 하
지만 보다 못한 아줌마는 나와 우진이를 불렀다. 아줌마는 우리에

244

게 돈을 주면서, 부산에 가서 석준이를 잘 설득해서 데리고 오라고 하였다. 그래서 우리는 아줌마의 부탁을 받고 지금 부산에 가고 있는 중이다. 물론 석준이에게는 비밀이다. 우진이는 석준이에게 연락을 하여 우리도 부산에 가고 싶다고 계속 졸랐다. 그랬더니 석준이가 부산으로 오라고 했다. 우진이가 떠보니, 석준이는 돈도 거의 떨어진 상태였다.

"난 KTX 엄청 좋을 줄 알았어. 근데 그냥 그렇다. 그치? 의자도 뒤로 안 젖혀지고. 그래도 서울에서 부산까지 두 시간 삼십 분밖에 안 걸리면 엄청 빠르긴 해."

아까부터 우진이는 계속 떠들고 있다. 이건 여행을 가는 건지 가출한 친구를 데리러 가는 건지 구분이 안 갈 정도다. 뭐, 나도 사실 조금은 여행가는 기분이다. 석준이가 걱정되기도 했지만, 공짜로 부산에 놀러 갈 수 있다는 생각에 기꺼이 석준이를 데리러 간다고 했다. 난 태어나서 한 번도 부산에 가 본 적이 없다.

"아냐. 생각해 보니까 석준이 녀석 좀 똑똑한 거 같기도 해."

우진이가 골똘히 생각하는 표정을 짓더니 말했다.

"왜 또?"

"석준이네 아줌마 벌벌 떠시는 거 못 봤어? 그 자식 분명 성적 엄청 떨어져서 엄마한테 혼나지 않으려고 가출한 거라고."

"그런가?"

"당연하지. 그거 아니면 이유가 뭐가 있겠냐?"

우진이 말을 듣고 보니 석준이는 역시 보통이 아니라는 생각이 들었다. 그렇게까지 머리를 쓸 줄이야. 나였다면 그냥 엄마한테 크게 한 번 혼나고 말았을 텐데.

"참, 너 방학식날 효림이랑 무슨 얘기했냐?"

"얘기는 무슨. 별 얘기 안 했어."

"그래?"

우진이는 더 이상 물어보지 않았다. 우진이에게 솔직하게 효림이와의 일을 이야기하지 못했다. 창피해서 말 못 한 건 아니다. 그것과는 조금 다른 감정이다.

"나, 이제 주효림 안 좋아해. 주효림 별로인 거 같아."

아무리 생각해도 효림이가 미웠다. 나한테 미소 지으며 친절하다고 말한 것, 부탁했던 것, 내 고민을 들어준 것 등등 효림이는 충분히 나를 착각하게 만들었다. 효림이가 나를 헷갈리게만 하지 않았더라도 효림이를 좋아하지 않았을 거다. 그랬으면 고백 따위 해서 망신당할 일도 없었을 텐데……. 내가 고백했던 그 순간을 되돌릴 수 있다면 좋겠다. 컴퓨터가 다운되면 리셋 버튼을 누르면 된다. 그러면 아무 일도 없었던 것처럼 처음으로 돌아간다. 하지만 인생은 그렇지 않다. 아무리 창피하더라도 결코 지우거나 없던 일로 만들 수 없다. 효림이에게 고백했던 일을 떠올리자, 또다시 머리가 복잡해졌다.

자다가 깨어 보니, 종착역인 부산에 도착해 있었다. 우진이와 나는 사람들을 따라 KTX 역으로 빠져나왔다.

"야, 바다 냄새나는 것 같지 않아?"

부산역을 나오는데 우진이가 코를 킁킁대며 말했다. 나는 말도 안 되는 소리 좀 하지 말라고 우진이에게 면박을 주었다.

"교수한테 전화해 봐. 부산역으로 온다고 했잖아."

"응. 잠깐만."

우진이가 주머니에서 핸드폰을 꺼냈다. 석준이에게 전화를 걸고 있는데, 우리 앞에 행색이 초라한 남자가 다가왔다.

"이것 봐, 이것 봐. 내가 집 나가면 개고생이랬잖아!"

우진이가 석준이를 보자마자 크게 웃으며 소리쳤다. 겨우 3일 만인데, 그사이에 석준이 얼굴은 꼬질꼬질해졌고, 살도 빠져 보였다. 옷도 3일 내내 똑같은 걸 입어서인지 땀 냄새도 꽤 많이 났다. 난 석준이를 보며 그냥 혀만 쯧쯧 하고 찼다. 석준이는 배가 고파 죽을 것 같다고 했다.

"교수, 밀면 먹어 봤냐?"

"아니."

"이 자식, 부산 와서 그것도 안 먹고 뭐 했어?"

우진이는 오는 길에 인터넷으로 검색해 봤다며, 부산에 밀면이 유명하다고 했다. 우리 셋은 부산역 앞에 있는 밀면 가게로 들어갔다. 오후 2시가 훌쩍 넘었지만, 식당 안에는 아직도 사람이 제법 많았다.

밀면을 주문한 지 얼마 되지 않아 바로 음식이 나왔다. 밀면은 냉면과 비슷해 보였는데, 밀가루로 만들어서 그런지 색깔은 소면에 가까웠다. 하지만 질감은 매우 쫄깃했다.

석준이는 허겁지겁 밀면을 먹기 시작하더니 금세 밀면을 한 그릇 먹어치웠다. 그릇에 얼굴을 박고 고개 한 번 들지 않았다.

"교수, 한 그릇 더 먹어. 만두도 시켜 줄까?"

우진이가 식당 아줌마에게 밀면 한 그릇과 만두를 추가로 주문했다.

"많이 먹어. 우리가 사는 거야."

우진이가 나를 보며 눈을 찡긋했다. 정확히 말하자면, 우리가 사는 게 아니라 석준이 엄마가 사는 거였다.

석준이는 추가로 나온 밀면과 만두도 남기지 않고 다 먹었다.

"너, 언제부터 굶은 거냐?"

"어제 점심 이후로 아무것도 못 먹었어."

식사를 마친 석준이가 그제야 편한 자세를 취해 보였다.

"이틀 동안 혼자 뭐 했냐?"

"그냥 돌아다녔어."

석준이는 하루는 찜질방에서, 또 하루는 PC방에서 밤을 보냈다고 했다. 혼자 영화관에 가서 영화도 보고, 바다도 보고, 여기저기 돌아다녔단다.

"근데 왜 부산에 온 거야?"

"우리 집에서 가장 먼 곳이 부산이니까."

"제주도 아닌가?"

"거긴 비행기 타고 가야 하잖아."

"그렇네."

늦은 점심을 먹은 후, 우리는 식당에서 나왔다. 원래는 석준이를 만나서 바로 서울로 데려갈 목적이었지만, 막상 부산에 와 보니 바로 가기 아쉬웠다.

"우리, 해운대 갈래?"

우진이가 석준이와 내게 물었다. 우진이 역시 바로 집에 가고 싶지는 않은가 보다.

"해운대는 어제 다녀왔고, 우리 태종대 갈래? 거기 좋대."

나와 우진이는 핸드폰으로 태종대를 검색했다. 블로그에 올려진 사진을 보니, 높은 데서 보는 바다가 볼 만했다.

"가자."

석준이가 태종대로 가는 버스를 알아보기 위해 정류장 쪽으로 먼저 걸어가는데, 우진이가 내게 어깨동무를 하며 말했다.

"아줌마한테는 석준이가 집에 가고 싶지 않다고 해서 늦었다고 하면 돼."

나는 알았다고 고개를 끄덕였다. 이번 기회가 아니면 언제 부산에 와 볼까 싶다. 그리고 아줌마에게 받은 돈도 넉넉했다. 석준이가 우리에게 오라고 손을 흔들었다. 태종대에 가는 버스를 찾았나 보다.

부산역에서 버스를 타고 삼십 분 정도 가니까 태종대에 도착했다. 평일임에도 불구하고 여름이라 그런지 태종대에 오르려는 사람들이 많았다. 태종대 전망대까지 오르는데 한 시간 정도가 소요된다고 했다. 알록달록한 모양의 열차를 타는 방법도 있었지만, 우리는 그냥 걸어 올라가기로 했다. 우진이는 다리가 아프다며 열차를 타자고 했다.

"날도 더운데 저거 타자. 응?"

우진이가 계속 졸랐다.

"너 혼자 타. 우리는 그냥 걸어갈래."

"됐어. 나 혼자 뭘 타냐."

우진이는 입을 다물고 우리를 따라 걷기 시작했다.

전망대를 오르는 길의 옆으로 나무들이 그늘을 드리우고 있어 햇빛이 많이 비치지 않았다. 왼편으로는 나무가 우거진 숲이, 오른

편에는 바다가 보였다.

"하여튼 이 자식 대단해. 어떻게 부산까지 올 생각을 했냐?"

우진이가 석준이를 쳐다보며 말했다.

"어쩌면 나…… 민지랑 헤어질지도 몰라."

석준이 말에 우진이와 나는 그게 무슨 소리냐고 되물었다.

"너희 엄마 때문에 그래?"

"아줌마가 헤어지래?"

석준이가 아무 대답도 하지 않았다.

"엄마 때문에 헤어지는 게 말이 되냐?"

나와 우진이는 엄마 신경 쓰지 말고 계속 민지와 사귀라고 말했다. 둘이 당장 결혼을 하는 것도 아니고, 부모님이 반대한다고 만나지 못한다는 건 말도 안 된다.

"엄마 때문만이 아니야."

"그럼?"

"민지가 좋긴 한데, 잘 모르겠어."

석준이는 기말고사에서 전교 12등을 했다고 말했다. 지난 중간고사 때보다 성적이 더 떨어졌다.

"무서워. 계속 민지랑 만나다가 성적 더 떨어지면 어쩌나 싶어. 모르겠다, 정말. 민지는 정말 좋은데, 성적 떨어지는 건 싫고. 민지 잘못이 아닌데 괜히 민지가 원망스럽기도 하고. 답답하다."

석준이가 한숨을 내쉬었다. 석준이 말을 이해할 수 있을 것 같으면서도, 또 이해가 가지 않았다. 만약 내가 석준이라면 어떤 선택을 내릴까? 여자친구와 우수한 성적 중에 하나만 가질 수 있다면 말이다. 석준이 상황에 처해 보지 않아서 그런지 잘 모르겠다.

우진이가 석준이에게 뭐라고 한마디 해 줄 거라 생각했지만, 우진이는 아무 말도 하지 않고 길을 걷기만 했다. 나는 고개를 돌려 내 옆을 걷고 있는 우진이를 쳐다보았다. 오르막길을 오르는 게 너무 힘들어서 그런가?

"소정이, 새 남자친구 생겼어."

우진이가 갑자기 한마디 툭 던졌다.

"정말? 너랑 헤어진 지 얼마나 됐다고?"

"그러게. 이제 일주일 됐나?"

우진이가 손가락으로 날짜를 세더니, 오늘로 8일째라고 말했다.

"같은 반 남자앤데, 나랑 헤어지기 전부터 엄청 친했던 애야. 나도 얼굴 본 적이 있고."

"그럼 양다리였다는 거야?"

우진이는 그건 확실히 잘 모르겠다고 말했다.

"야, 잘 헤어졌어. 여자가 지조가 있어야지."

"그래. 네 말대로 세상에 널린 게 여자잖아."

나와 석준이가 우진이를 위로했다.

"아냐. 난 소정이 아니면 안 돼."

나와 석준이는 걸음을 멈추고 우진이를 쳐다보았다. 우진이가 농담을 하는 건가? 그런데 우진이는 우리를 쳐다보지 않고 계속 오르막길을 올랐다.

"지난주에 갑자기 소정이가 나한테 헤어지자고 하는 거야. 처음엔 알았다고 했는데, 난 헤어지기 싫은 거야. 그래서 다시 만나자고 매달리니까, 소정이가 새 남친 생겼다고 다시는 연락하지 말래. 나는 그냥 잘 사 주기만 하는 웃긴 오빠래. 그 이상은 아니래. 아씨, 쪽팔려서 너희한테 말 안 하려고 했는데."

우진이가 주먹으로 연신 제 이마를 치며 말했다.

"나도 사실 주효림한테 까였어."

석준이와 우진이의 고백에 나도 효림이와의 일을 털어놓았다.

"엥? 정말?"

"너 그날 고백했던 거야?"

나는 그렇다고 고개를 끄덕였다. 더불어 우리 반 여자애들이 바깥에서 다 듣고 있었던 것까지도 모두 다 말했다.

"진짜 쪽팔려 죽을 뻔했어."

"그것 봐. 내가 바늘은 피도 눈물도 없을 거라 했지?"

우진이가 갑자기 흥분하며 나에게 달려들었다.

"몰라. 근데 나…… 아직도 주효림이 좋아."

사람의 마음이란 게 참 이상하다. 효림이에게 거절당하고 난 뒤에는, 금방 효림이를 잊을 수 있을 것 같았다. 너, 나 싫어? 그럼 나도 너 싫어, 하고 말이다. 하지만 그게 생각처럼 쉽지가 않다.

나는 아무 말도 하지 않았다. 우진이도 조용했고, 석준이도 말이 없었다. 진심은 때로 의심될 수도, 배신당할 수도, 거절당할 수도 있다. 우리 셋은 묵묵히 길만 걸었다.

태종대 전망대에 도착했다. 전망대에 서자, 파란 바다가 한눈에 들어왔다. 너른 바다를 보면 숨통이 트여야 하는데, 오히려 더 답답해졌다. 입구에 도착했을 때만 하더라도 기분이 괜찮았는데 지금은 마음이 편하지 않았다. 우리는 바다를 보며 한숨을 내쉬었다.

"저기가 자살바위래."

석준이가 아래쪽을 가리키며 말했다.

"이름이 왜 자살바위야?"

"그건 말이지."

석준이 강의가 또 시작되었다. 한국전쟁으로 인한 피난민들이 신변을 비관해 저 바위에서 뛰어내려 자살을 많이 했다고 해서 자살바위라는 명칭이 붙었다고 한다. 전망대 쪽에서 자살바위로 이어지는 계단이 있었다.

"우리도 가 볼래?"

전망대 위에만 있기도 뭐 해, 우리는 전망대를 나왔다. 겁이 많은 우진이는 한발 한발 조심히 내려갔다. 예전에 계단에서 미끄러진 적이 있다며, 답답할 정도로 천천히 걸었다. 시간이 늦어서 그런지 계단 아래로 내려가는 사람보다 올라오는 사람들이 많았다. 우리는 올라오는 사람들을 피해 계단 아래로 내려갔다. 그런데 갑자기 누군가 우리를 붙잡았다.

2

지민 누나가 경찰서 안으로 들어왔다. 밤 10시가 다 되어서였다. 경찰 아저씨가 보호자에게 연락하지 않으면 절대 경찰서에서 못 나간다고 해서, 하는 수 없이 집에 전화를 걸었다. 세 집의 대표로 지민 누나 혼자 왔다.

지민 누나는 우리 셋을 매섭게 노려보더니, 경찰 아저씨 쪽으로 걸어갔다. 누나는 우리가 가출 청소년도 아니고, 문제아도 아니라고 설명했다. 우리 셋이 여름방학을 맞아 부산으로 여행을 온 거라고 말이다.

"아가씨, 요즘 아들이 얼마나 무서운지 알제? 지난주에도 가출한 중학생 한 놈이 자살바위에서 술 먹고 밤중에 뛰어드는 바람에 한바탕 난리가 났다 안 카드나. 또 웬 중학생 사내아들이 죽고 싶다카며, 바다에 뛰어든다카는 신고가 접수된기라. 우리가 안 놀랐 겠나? 마, 가출한 아들이라고 생각했다 아이가. 요즘 청소년 가출 이다, 자살이다 문제가 억수로 많아서 경찰서마다 공문이 내려왔 다카이. 아들 단디 살펴보라."

우리가 태종대를 오르면서 무슨 말을 했더라? 잘 기억이 나지 않는다. 얼핏 쪽팔려 죽고 싶다고 했던 것 같기도 하고, 장난으로 바다에 뛰어들고 싶다고 했던 것도 같다.

누나는 경찰 아저씨에게 우리를 책임지고 데리고 가겠다는 말 을 했다. 우리는 아저씨에게 인사를 꾸벅하고 경찰서에서 나왔다.

"너희들, 저녁은 먹었어?"

누나의 물음에 우리는 고개를 저었다. 경찰 아저씨에게 취조 아 닌 취조를 당하느라 저녁도 먹지 못했다.

누나는 경찰서 앞에 있는 식당으로 우리를 데려가 국밥을 사 주 었다. 누나는 배가 부른지 몇 숟가락 먹지 않고 우리 셋이 먹는 것 만 지켜봤다. 우진이와 석준이는 허겁지겁 국밥을 먹었다. 점심으 로 면을 먹어 금방 소화가 되었고, 경찰서에서 아저씨와 씨름을 하느라 배가 많이 고팠다. 난 누나의 눈치를 보며 밥을 먹었다. 당 장이라도 숟가락으로 우리 셋의 머리를 차례대로 내려치는 게 아 닐까 걱정했다. 하지만 누나는 우리가 밥을 다 먹을 때까지 그리 고 서울에 도착해서도 별 말을 하지 않았다.

3

시간은 잘도 흘렀다.

부산에 다녀온 지 일주일이나 지났고, 방학을 한 지는 10일이
되었다. 방학을 해서 그나마 다행이다. 아직은 효림이 얼굴을 볼
자신이 없다. 내가 효림이를 보고 어떤 표정을 지을 수 있을까? 효
림이에게 괜히 고백을 한 것 같다는 생각을 천만 번쯤 했다. 고백
하라고 나를 부추긴 우진이와 석준이도 원망스러웠고, 괜한 첫사
랑 이야기를 해서 나를 다짐하게 만든 담임도 싫었다. 그리고 가
장 미운 건 역시 나를 거절한 효림이였다.

하루에도 수백 번 효림이 생각이 났다. 효림이가 막 좋다가도,
또 나를 거절한 효림이를 생각하면 효림이가 미웠다. 내 마음속에
서 효림이는 좋았다, 싫었다를 반복했다. 효림이는 한 사람이었지

만, 효림이에 대한 내 감정은 두 개의 길에서 왔다 갔다 했다.

왜 나한테 친한 척한 거야? 왜 나한테 비밀 얘기를 한 거야? 왜 나랑 사귈 수 없는 거야? 왜 나를 좋아하지 않는 거야? 왜, 왜, 왜. 세상의 모든 '왜'를 다 갖고 와도 부족했다.

"야, 괜찮냐?"

혼자 묻고 혼자 대답한다. 괜찮지 않으면 어쩔 건데? 웃고 싶지만, 웃음이 나오지 않았다. 이대로 웃음을 잃어버리면 어쩌나 싶었지만, 개그 프로그램을 보며 웃고 있는 날 발견했다. 개콘은 정말 웃겼으니까.

"가출 소년, 점심 먹어라."

누나가 방 문을 열고 들어왔다. 누나는 요즘 나를 계속 '가출 소년'이라고 부른다. 하지만 '가출 소년'이란 명칭은 억울하다. 난 가출을 한 게 아니라, 가출한 친구를 데리러 갔을 뿐이다. 물론 가출한 친구를 바로 데리고 오지 못한 건 잘못이지만. 누나는 부산에서 나를 데려온 날, 엄마와 아빠에게 나한테 아무 말도 하지 말라고 했다. 그때는 누나가 정말 고마웠다. 하지만 그다음 날부터 정작 누나는 계속 나를 놀렸다. 얌전한 고양이가 부뚜막에 먼저 올라간다나 뭐라나.

엄마 대신 누나가 점심을 차려 주기로 했다. 퇴직을 한 아빠는 회사 재취업이 쉽지 않다며, 엄마와 함께 떡볶이 가게나 빵집 창업을 알아보러 다니는 중이다. 하지만 그것 역시 결코 만만치 않은 일이었다. 돈도 많이 들고, 가게를 연다고 다 잘되는 건 아니기 때문이다. 아빠는 이십 년을 넘게 다닌 회사에서 퇴직을 당했고, 지민 누나는 지원하는 회사에서 수도 없이 떨어졌다. 내가 원한다고 해서 상대도 나를 원한다는 보장은 없다. 아마 나이가 들면, 나도 거절당하는 일이 더 많아질지도 모른다.

주방에 나가 보니, 아침에 먹었던 콩나물국과 소시지 야채볶음 반찬 그대로였다.

"아침에 먹던 거네?"

"왜? 먹기 싫어?"

누나의 목소리에 힘이 없었다. 예전 같았으면 "먹기 싫으면 꺼져."라고 말했을 텐데.

"아니야."

밥을 먹으면서 슬쩍 누나의 얼굴을 쳐다보았다. 어제, 누나는 지난주에 시험을 치른 회사에서 불합격 통보를 받았다. 누나가 무척 가고 싶어 하던 화장품 회사였는데, 최종면접에서 떨어졌다.

"누나, 기운 내. 하반기에는 꼭 취업될 거야."

내가 누나에게 해 줄 수 있는 건 위로밖에 없다.

"너, 나 불쌍하니?"

"응. 조금."

아니라고 말할까 하다가, 그렇게 말하면 누나가 날 제 누나 걱정도 하지 않는 나쁜 동생이라고 할까 봐 조금이라고 말했다.

"예전에 아빠가 아끼던 소형 라디오가 있었어."

누나는 뜬금없이 라디오 이야기를 꺼냈다. 무슨 소리냐고 묻고 싶었지만, 난 그냥 밥을 먹으며 누나의 말을 들어주기로 했다.

"비싼 건 아니었지만, 아빤 그걸 받기 위해 보지도 않는 이상한 잡지를 이 년이나 구독신청을 했어. 넌 아마 기억 못 할 거야. 네가 돌이 막 지난 때였으니까. 그런데 내가 그걸 고장 낸 거야."

"근데?"

"고장 난 라디오를 네 손에 갖다 놓았어. 아빠랑 다른 가족들은 모두 네가 고장 낸 줄 알고 있어."

"그러면 두 살밖에 안된 나한테 뒤집어씌웠다는 거야?"

"뭐 그렇지."

어이가 없어서 말도 나오지 않았다. 아무도 내게 고장 난 라디오 이야기를 가지고 뭐라 하지 않았지만, 난 10년 동안 죄를 뒤집어쓰고 산 것이나 마찬가지였다.

"나 용서해 줄 거지?"

"못 하겠다면?"

"상관없어. 하여튼 말하고 나니까 속 시원하다."

"왜 그걸 십 년도 훨씬 지난 지금에서야 고백하는 거야?"

"네가 알아들을 나이가 된 것 같아서."

누나는 밥을 다 먹었는지 식탁에서 일어섰다.

"설거지는 네가 해."

누나는 그 말을 남기고 방으로 들어갔다. 경제가 어렵다는 둥, 고용 안정이 되지 않고 있다는 둥의 경제 사정을 난 잘 모른다. 하지만 얼른 일자리가 많이 생겼으면 좋겠다. 누나도 취업을 하고 나면 조금 정신을 차리지 않을까 싶다.

석준이에게서 연락이 왔다. 석준이는 학교에서 만나 농구를 하자고 했다. 날씨가 무척 덥긴 하지만 집에 있고 싶지 않았다. 어차피 집에는 아무도 없었다. 지민 누나도 취업 스터디가 있다며 조금 전에 나갔다.

우진이가 떡볶이를 먹고 싶다고 해서 농구를 하기 전에 학교 앞 분식집에 들렀다. 방학이라 사람이 많이 없을 줄 알았는데, 보충수업을 하는 근처 고등학교 학생들 때문에 가게가 꽉 차서 빈자리가 없었다.

석준이는 조심스럽게 의자에 엉덩이를 붙였다. 집에 돌아온 석준이는 아빠한테 엉덩이뼈가 부러지기 직전까지 엉덩이를 얻어맞았다고 했다. 보지는 못했지만 석준이 말에 따르면 엉덩이에 시퍼렇게 멍이 들었단다. 엄마가 어떻게든 아버지를 말려 줄 거라 기대했는데 엄마는 팔짱을 낀 채 석준이가 맞는 걸 지켜보기만 했다. 그래도 오늘 농구를 하러 가자는 걸 보니, 엉덩이가 많이 나았나 보다.

"교수, 근데 웬일이냐? 오늘은 민지랑 도서관 안 가?"

석준이는 민지와 헤어지느니 마느니 하더니만, 결국 민지와 헤어지지 않기로 했다. 대신 민지와 방학 때 매일 도서관에서 만나 공부를 하기로 했다. 물론 잘될지는 모르겠다. 공부도 잘하고 싶고 여자친구도 갖고 싶다니, 석준이의 욕심이 분명하다. 세상에 전부를 가진 사람은 없다. 간혹 그런 사람이 있다면, 그건 사람이 아니라 실은 외계인일 거다.

"민지, 오늘 가족끼리 놀러 간대."

"그럼 그렇지."

우진이가 포크를 석준이 얼굴에 들이밀었다. 석준이는 피하기는커녕 실실 웃었다. 석준이는 다시는 가출 같은 걸 하지 않겠다고 했다. 엄마에게 혼나서도, 아빠에게 맞아서도 아니었다. 민지를 걱정시키는 게 싫다고 했다.

"교수, 너 민지가 그렇게 좋냐?"

"뭐."

석준이는 제대로 대답하지 않았지만, 표정으로 제 마음을 다 나타내고 있었다. 석준이는 억지로 웃음을 참고 있었다.

"난 이제 여친 사귀는 거 귀찮다. 여친은 무슨. 난 사랑보다 우정을 택하련다."

우진이가 떡볶이 국물을 잔뜩 묻힌 오징어 튀김을 입에 넣으며 말했다. 우진이는 매운 걸 너무 많이 먹었는지 혀를 날름거리며 물을 마셨다. 난 가만히 우진이를 쳐다보았다. 태종대 위에서의 우진이 모습이 떠올랐다. 녀석은 아직 소정이에게 받은 상처를 치유하지 못했는지도 모른다. 난 충분히 우진이 마음을 이해할 수 있었다.

그런데 우진이가 나를 쳐다보며 쯧쯧 하고 혀를 찼다.

"여친도 사귀어 보지 못한 네가 연애에 대해 뭘 알겠냐."

우진이는 여전히 나와 자기를 구분한다. '여친을 사귀어 본 위인'과 '여친 한 번 사귀지 못한 놈'으로. 하지만 난 우진이의 말을 그냥 웃고 넘겼다.

떡볶이를 다 먹은 후 가게에서 나왔다. 운동장에는 이미 네 명의 아이들이 농구를 하고 있었다. 5반 애들이었다. 네 명 중의 한 명이 가야 한다고 해서 우리는 3:3으로 팀을 나누었다. 경기가 시작되었다. 제일 먼저 공을 잡은 우진이가 슛을 쐈다. 하지만 골대에 맞고 공이 튕겨 나왔다. 상대 팀 남자애가 공을 잡았고, 석준이가 공을 리바운드하여 내게 던졌다. 난 공을 바닥에 튕기면서 골대 앞으로 달려갔다. 나를 막는 사람은 아무도 없었다.

이때다.

난 가볍게 점프를 하며 골대를 향해 공을 던졌다.

종종 중고등학교에 강연을 하러 간다. 학생들이 "어떤 소설을 쓰고 싶으세요?"라는 질문을 하면 나는 "연애소설이요."라고 말한다. 그러면서 이유를 자세히 설명한다.

"저는 십 대 시절에 연애를 못 했거든요. 그래서 꼭 십 대의 연애소설을 꼭 쓰고 말거예요! 전 여러분들이 십 대 때 연애를 꼭 했으면 좋겠어요. 연애를 하면 나 자신의 모습을 가장 잘 들여다 볼 수 있거든요."

내 말을 듣고 아이들은 아주 좋아하지만, 강연을 듣던 선생님들은 깜짝 놀라 나를 따로 부른다.

"어머, 선생님. 그런 거 쓰지 마세요. 애들한테 교육적으로 안 좋아요."

물론 선생님들이 무엇을 걱정하고 있는지 나는 잘 알고 있다. 하지만 나는 수많은 선생님들의 말을 거역하고 이 이야기를 하고야 말았다. 뭐 원래 난 선생님의 말을 잘 듣는 착한(?) 학생은 아니었으니까.

　이성친구를 사귀는 것은 여러 인간의 관계맺음 중의 하나이다. 부모와 자식 간의 관계, 친구들 간의 관계, 선생님과 학생 간의 관계 등 여러 가지의 관계 맺음이 있는데, 이성친구 관계만큼 재밌고, 또 그만큼 어려운 게 없다. 때로는 사랑스럽고, 설레고, 행복하지만, 이는 금세 잔인하고 끔찍한 관계로 변할 수 있기 때문이다. 연애의 과정 속에서 나는 인간이 느낄 수 있는 모든 감정을 느낄 수 있다고 생각한다. 연애는 모든 인간관계의 확장판이다. 그러니 십 대들이여, 부디 연애를!

　처음으로 남자 아이들의 이야기를 썼다. 별 어려움 없이 남자아이들의 이야기를 할 수 있었던 건, 내 동생 태엽이 덕분이다. 김태민의 캐릭터와 일화들은 상당 부분 김태엽에게 빌려왔다. 기꺼이 이야기를 제공해 준 태엽이에게 사랑과 고마움을 전한다. 그리고 우왕좌왕 정신없는 원고의 제 자리를 찾게 도와주신 이남경 팀장님과 최은하 팀장님 그리고 권외영 씨에게 감사하다는 말을 꼭 하고 싶다.

　연애하는 것만큼 연애이야기를 쓰는 게 재미있다는 걸 알게 되

었다. 당신들이 허락한다면, 다음번엔 조금 더 심각하고 진지한
연애이야기로 돌아오고 싶다.

2013년 3월
김혜정

레츠 러브

펴낸날	초판 1쇄 2013년 3월 20일
	초판 6쇄 2020년 12월 18일
지은이	김혜정
펴낸이	심만수
펴낸곳	(주)살림출판사
출판등록	1989년 11월 1일 제9-210호
주소	경기도 파주시 광인사길 30
전화	031-955-1350 팩스 031-624-1356
홈페이지	http://www.sallimbooks.com
이메일	book@sallimbooks.com
ISBN	978-89-522-2385-2 43810

살림Friends는 (주)살림출판사의 청소년 브랜드입니다.